KB126063

1o년과
바꾼
1oo 일간의
여행이야기

초판 1쇄 인쇄일 2016년 10월 24일
초판 1쇄 발행일 2016년 10월 31일

글·사진 김종휘
펴낸이 양옥매
디자인 최원용
교 정 조준경

펴낸곳 도서출판 책과나무
출판등록 제2012-000376
주소 서울시 마포구 방울내로 79 이노빌딩 302호
대표전화 02.372.1537   팩스 02.372.1538
이메일 booknamu2007@naver.com
홈페이지 www.booknamu.com
ISBN 979-11-5776-297-2(03910)

이 도서의 국립중앙도서관 출판시도서목록(CIP)은 서지정보유통지원 시스템
홈페이지(http://seoji.nl.go.kr)와 국가자료공동목록시스템
(http://www.nl.go.kr/kolisnet)에서 이용하실 수 있습니다.
(CIP제어번호 : CIP2016025201)

*저작권법에 의해 보호를 받는 저작물이므로 저자와 출판사의 동의 없이 내용의 일부를
 인용하거나 발췌하는 것을 금합니다.
*파손된 책은 구입처에서 교환해 드립니다.

이 책은 한국출판문화산업진흥원회 2016년(우수 출판콘텐츠 제작 지원) 사업 선정작입니다.

10년과 바꾼 100일간의 여행이야기

글/사진 김종휘

책과나무

Contents

#0 우리는 종종 인터넷 기사 같은 매체를 통해서 삶의
큰 변화를 겪은 사람들의 이야기를 접한다. 유명
의사였다가 시골 농부가 된 사연, 대기업을 그만두고 제주도로
이사 간 사연, 연봉 1억의 직장에서 사진가가 된 사연 등. 어떤
식으로든 우리의 삶은 변화를 겪는다.

나 역시 지금까지의 삶에 있어서 두 번의 큰 변화를 겪었다. 첫
번째는 중학교 2학년 때 강원도 춘천으로 전학을 간 일, 두 번째
는 가톨릭 사제를 그만두고 여행을 떠난 일(여행을 떠나기 전까
지의 이야기는《Dream!ng》에서 다루고 있다).

누구에게나 있을 법한 삶의 변화일지도 모르지만, 적어도 나의
삶에 있어서는 큰 변화들이었고, 그런 변화는 나의 삶을 바꾸어
놓기에 충분했다. 내가 원하든, 원치 않든 간에.

나는 전문적으로 사진을 배운 적도, 또 글을 써 본 적도 없다. 그러나 나에게 두 가지 바람, 하나는 배낭을 들쳐 메고 여행을 떠나는 것이고, 두 번째는 여행했던 그 사진으로 작은 책을 엮는 것이다. 물론 누구처럼 300일, 혹은 4-5년 이렇게 긴 시간 동안 여행을 한 것은 아니지만, 여행에서 찍은 나의 사진들과 나의 생각을 엮어 만든 작은 책 한 권을 스스로에게 선물하고 싶었다.

스무 살, 외삼촌께서 대학교 때 쓰셨다던 구식 필름 카메라를 처음으로 만진 이후부터 지금까지 내 옆에는 늘 사진기가 있었다. 나에게 한순간을 영원히 담을 수 있는 사진의 매력은 너무나도 컸다. 그리고 서른 살, 나는 큰 결심을 내린다. 모든 것을 버리고 사진기와 삼각대만을 들고 꿈꾸던 여행을 떠난다.

1월 11일부터 내가 돌아온 4월 24일까지는 정확히 104일이다. 그동안 대략 2만 장에 가까운 사진을 찍었다. 그중에서 몇 장을 골라 이 작은 책에 실었다. 더불어 이 책은 절대 '여행 가이드' 북이 아님을 강조하고 싶다. 때로는 시간과 장소와 사진의 내용이 맞지 않을 수도 있다. 그리고 나의 기억도 정확하다는 보장이 없다. 무엇보다도 나는 누굴 '가이드'해 줄 만한 능력도 목적도 없다. 이 책은 온전히 나의 이야기이며, 내 안에 있는 이야기다.

이 책에는 별다른 목차가 없다. 그렇다고 특별한 구성도 아니다. 그냥 여행했던 일정과 최대한 비슷하게 나의 이야기들과 사진들로 구성했다. 꼭 처음부터 읽을 필요는 없다. 아무 데서나,

아무렇게나 읽으면서 나의 시선과 나의 이야기를 편안한 마음으로 함께 공유할 수 있다면 나의 작은 바람은 충분이 이루어진 것이다.

베스트셀러가 돼서 유명 작가가 되고 싶은 마음도, 책을 팔아 많은 돈을 벌고 싶은 마음도, 그런 능력도 없다. 하지만 누군가 무거운 고민에 눌려 있고, 알 수 없는 두려움이 자신의 발목을 잡고 있다고 느낄 때, 그래서 어떠한 '도전과 변화'가 필요하다고 느낀다면, 나의 여행에 초대하고 싶다. 나와 함께 여행을 떠나자고!

누군가 그랬다. 멀리 떠나고 싶을 때, 여행을 떠나고 싶을 때, 가장 먼저 버려야 할 것은 '핑계'라고. 나는 그 '핑계'를 벗어버리기로 결심한다. 지금까지의 시간들, 앞으로의 시간들에 속한 모든 '핑계'를 잠시 접어 두기로 한다. 쉽지 않았다. 너무나 아프고 힘들고 외로웠다. 하지만 난 결국 그것들마저도 배낭에 꾹꾹 집어넣고서 떠났다. 그 대가가 얼마나 크고 얼마나 무서운 것인지 잠시 잊기로 결심한다. 멍청하면 무식하다고 하지 않는가. 잠시 멍청이가 되어 보자. 잠시 바보가 되어 보자. 전혀 알지 못하는 낯선 곳으로, 한 번도 가 보지 않은 곳으로, 상상도 못했던 그런 곳으로 나를 던져 보자. 무엇이 내 앞에 나타날지, 무엇이 나를 기다리고 있는지 가서 만나 보자. 그리고 다시 내가 돌아왔을 때, 나는 어떻게 말할 수 있는지 그 시간을 기대해 보자.

그래, 떠나자! 내 두 발아 부탁해. 무사히 돌아오는 그날까지!
1월 11일은 한 장의 사진처럼 결코 내 인생에서 변하지 않을 그런
날이 되었다.

I N D

PART **01**

여행의
첫단추,
인도

#1-1♀

지금 내 옆에는 초록괴물이 보란 듯 한 자리를 차지하고 있다. 나와 같이 안전벨트까지 차고 있다. 아침에 집 정리를 후딱 마무리하고 미리 싸둔 짐을 챙겨 정신없이 택시에 올라탔다. 기사님께서 룸미러로 나를 보시며 물으신다.

"산에 가세요?"
"아니요, 배낭여행 갑니다."

신기하다. 내 입에서 이런 대답이 나오다니. 사람들은 10-20대에 했을 법한 것을 나는 이제야 겨우다. 그래도 좋다. 내가 원하고, 내가 결정한 것을 실행하기 때문이다. 내 마음이 움직였고, 그에 따라 내 발걸음을 옮길 수 있다는 것. 이것이 행복의 시작이 아닐까? 등짐은 무겁지만 마음만큼은 너무나 가볍다. 너무 가벼워 날아가 버릴 것 같아 안전벨트를 다시 조여 맨다. 날아 보자. 이제 주사위는 던져졌다. 신나게 나의 앞날을 위해서 걸어 보자. 그리고 이렇게 외쳐 보자.

"내일이 기대된다!"

그런데 머지않아 그 기대가 바로 무너지고 말았다. 태어나서부터 지금까지 고속버스를 백 번은 넘게 탔을 텐데 휴게소에서 나오니 버스가 없다. 거짓말처럼 진짜 없다. 말로만 듣던 '버스는 떠나고' 만 것이다. 내 초록괴물과 함께!

그래도 지갑과 사진기는 내 손에 있다는 사실로 놀란 가슴을 위로하며 안내소로 곧장 뛰어간다. 친절한 죽암 휴게소 안내원은 여러 통의 전화 연락 후 나를 다른 차에 태워 다음 휴게소에서 접선(?)할 수 있게 도와주셨다. 접선 장소는 오창 휴게소! 얼마나 가야 하는지는 잘 모르겠지만 빨리 내 초록괴물을 만났으면 좋겠다. 아직 비행기도 안 탔는데 벌써부터 허우적이다. 도착한 곳은 오창 휴게소가 아니라 한참을 더 간 소태제 터널 근처 어디 산골 도로변이다. 그곳에서 난 다시 원래의 버스로 옮겨 탔다. 많은 분들의 도움이 있었다. 나 때문에 조금 돌아갔지만 누구 하나 불평하지 않고 오히려 나를 걱정해 주고 나를 안심시켜 주셨다. 나 같은 여행 초짜의 첫걸음에 주신 위로와 용기가 아닐까. 버스 기사님과 승객분들께 죄송하고 감사드린다. 비록 조금 삐거덕거리긴 했지만, 괜찮다. 그래도 나의 여행 바퀴는 계속 굴러가니까.

진땀을 뺀 후 다시 내 자리로 돌아왔다. 그러나 어딘가로 잠시 돌아왔다는 것은 전혀 다름을 의미한다. 비록 나는 같은 자리에 같은 모습으로 앉아 있다 하더라도 내가 달라졌기 때문이다. 그전에 나와 지금의 나는 완전히 다른 나다. 버스를 한 번도 놓쳐 본 적 없는 나와, 그런 경험을 하고 다시 돌아와 땀을 닦으며 앉아 있는 나.

인생도 마찬가지가 아닐까? 곧장 가는 것도 좋지만 돌아가지 않으면 경험할 수 없는 것들이 너무나 많지 않을까? 그래서 나는 지금 내 인생을 조금 돌아가려 한다. 누가 뭐래도 나는 그 '놓쳐 버린 것'들이 궁금해서 미칠 것 같으니까. 온실 밖에 서 있는 벌거숭이의 나를 너무나도 만나고 싶으니까.

떠나기 전 춘천에 계시는 부모님과 할머니께 짧은 인사를 드린다. 마음이 그리 편치만은 않다. 너무나도 죄송하다. 하지만 애벌레도 허물을 벗기까지 엄청난 고통이 따르고, 태아도 산모의 열 배에 달하는 고통을 받는다고 하지 않는가. 물론 부모님 가슴을 아프게 해 드리는 건 잘못된 것이지만, 조금만 기다려 주시라고, 더 멋진 아들이, 손자가 되어 돌아오겠다며 애써 웃는다. '사랑합니다. 감사합니다.'라는 말은 조금 아껴 두련다. 더 넓은 곳에서 더 멋진 사람이 되어 돌아와 웃으며 안아 드리리라!

아직 창밖으로 지상의 별들이 꺼지지 않고 있다. 이제 진짜다, 정신 차리자! 내 손엔 편도행 티켓만이 있을 뿐이다. 나도 모르게 긴장감이 온몸을 휩싼다. 핏줄에 흐르는 뜨거움이 나의 고막을 신나게 두드린다.

공항에 도착해 괴물 같은 짐을 붙이고 나니 한결 가볍다. 어디든 갈 수 있을 것만 같다. 이래서 여행객들이 여행하면서 짐을 버리고 싶나 보다. (나는 벌써부터 버리고 싶다.)

배고파서 밥 한 그릇 먹고, 촌놈티를 내며 공항을 구경하다 보니 너무 늦장을 부렸다. 어느새 탑승 시간이 임박!!! 이럴 수가! 탑승구까지 거리는 왜 이렇게도 멀고 세난은 왜 이리도 많은지 미친 듯이 뛰고 또 뛰고 뛰었다. 정말로 뛰고 또 뛰어서 마지막 꼴찌로 간신히 탑승했다. 아이고, 힘들다. 모든 옷을 벗어던지고 비행기 좌석에 쓰러진다. 이제 진짜 출발이다. 지금 이 순간, 비행기 엔진 소리보다 나의 심장 소리가 더 크다.

이제 준비 완료!

길거리의 수많은 릭샤들

#2 　긴 비행을 마치고 드디어 인도 델리공항에 첫발을
　　　디뎠다. 실로 엄청났다. 공항 문을 나서니 더 놀랍
다. 수 많은 인도 사람들! 물론 여기가 인도이기 때문. 그리고 무
색한 교통법규만 존재하는 도로와 그 위를 시끄럽게 내달리는 수
많은 종류의 자동차들. 왜 사람들이 인도, 인도 하는지 도착한 지
한 시간도 채 지나지 않아 알 수 있을 것 같았다.

　오늘 하루가 엄청나게 길고 배도 고프다. 그러나 이제 시작이라
는 것이 나를 설레게 하고 인도 땅을 밟고 있는 내가 신기하다. 구
두약 같은 까만 얼굴에 구슬 같은 하얀 눈을 가진 그들과의 시간

이 시작되었다. 처음 내 계획은 여행 작가 태원준 씨처럼 동남아에서 시작해 인도까지 넘어가려고 했었다. 하지만 계획은 역시 틀어지고 있나 보다. 아예 거꾸로 인도부터 시작하게 되었다.

인도! 말만 들어도 가슴 벅찬 그 이름. 그런 인도에 내가 서 있다. 첫인상은 말 그대로 너무나 충격적이었다. 나의 정신을 한 방에 부수어 놓기에 충분했다. 시끄러운 소음과 미로 같은 복잡함과 뇌리에 박혀 절대 잊히지 않을 것만 같은 매캐한 냄새가 나를 이방인으로 만들기에 충분했다.

인도에서의 첫 아침. 그런데 어제 너무 피곤했는지 오전 열 시가 넘어서야 잠이 깼다. 숙소는 추웠다. 바닥도 돌이라 신을 신고 다녀야 하는데 슬리퍼도 없어 그냥 맨발로 다니니, 딛을 때마다 발가락이 오그라든다. 전날 밤에 먹다 싸 온 난(Naan)을 누룽지 뜯어먹듯 그렇게 대충 허기를 달랜다.

이제 어디로 가지?? 간단히 짐을 챙겨 거리로 나온다. 그들에게는 일상이지만 아직 적응하지 못한 나에게는 여전히 놀라운 풍경은 지속되고 있었다. 차도와 인도가 어딘지 구분도 안 가는 길을 따라 걸었다. 길거리에 엎드려 있는 인도 개를 찍고 있으니 사람들이 나를 신기하게 쳐다본다.

좁디좁은 인도(人道)를 따라 걷다 보니 걸인들도 많다. 엄마로 보이는 여인이 낡은 악기를 두드리고, 여섯 살이나 되어 보이는 여자아이가 재주를 넘고 있다. 정말 흙바닥에서 뒹굴고 구르고.

길거리에서 만난 아이. 어디를 바라보고 있을까

쉴 새 없이 재주를 부리는 사이, 수많은 차들은 그 아이 옆을 아슬 아슬하게 지나간다.

인산이 어떻게 저럴 수 있을까. 인간이 인간을 저렇게 둘 수 있 을까. 더 이상의 불행은 생각할 수도 없는 그들의 모습이다. 무서 움 반, 안타까움 반을 남긴 채 급히 걸음을 옮긴다.

처음 만나는 릭샤. 말도 많고 탈도 많지만, 인도에서는 없어서 는 안 될 교통수단. 저 릭샤들이 싣고 달리는 건 어쩌면 손님이 아 니라 자기 자신의 삶이며 가족의 생계일 것이다.

#3 이게 뭐지? 톨게이트다. 특이한 건 자동이 아니라 수동이다. 차가 오면 내려져 있는 바리케이드를 직접 손으로 올린다. 저렇게 하루 종일 앉아서 지나가는 차량의 통행을 지켜보는 아저씨. 과연 저 아저씨는 무슨 생각을 하고 계 실까?

비슷비슷하게 보이지만 자세히 보면 도시마다 또 마을마다 나 름의 분위기가 다르다. 차를 타고 지날 때면 창문 안에 앉아 있는 히멀떡한 나를 신기하게 쳐다보는 그들의 눈빛이 내 가슴에 깊이 박혀 온다.

또 한 번 나는 놀라지 않을 수 없었다. '인도' 하면 온통 먼지로 뒤덮이고, 똥이 지천에 깔린 그런 곳이라 생각하지만, 내가 보고 있는 곳은 전혀 다른 곳이다. 아침 이른 시간, 아직 안개가 걷히기 전, 노란 유채꽃(?)이 끝도 없이 펼쳐진 곳에서 난 걸음을 멈추었다. 내가 지금 보고 있는 것은 그동안 내가 들어왔던 인도와는 완전히 다른 모습의 인도였다.

수동으로 바리케이드를 조절하시는 아저씨

#4 사막에 도착했단다. 그런데 뭔가 이상하다. 내가 생각했던 그런 사막이 전혀 아니다. 끝없는 지평선과 그 뒤로 넘어가는 붉은 태양, 온 세상이 모래로 뒤덮인 그런 사막이 아니다. 여긴 나무도 있고 풀도 있고 그냥 한마디로 '변두리, 외곽지역'이다. 이게 뭔가! 사하라 사막 같은 웅장함도 멋스러움도 없다. 사막체험이 아니라 그냥 황무지에서 낙타를 타는 것이다. 왠지 낚인 기분은 뭘까. 그래도 어쩌겠는가. 낙타는 이미 내 앞에 엎드려 있다. 나는 오케이를 외치고 낙타에 조심히 올라탄다.

카멜보이는 초등학생쯤 되어 보였다. 이름을 물으니 '미끄럼'이란다. 더 자세한 것을 물어보고 싶었으나 둘 다 영어가 짧은 탓에 금세 한계에 부딪쳤다.

모처럼 너무나 조용한 시간이다. 오직 낙타 발에 달린 종만이 규칙적으로 울릴 뿐이다. 터벅터벅 낙타 발걸음에 맞춰 리듬을 타며 걸어가니 세상에 나 혼자뿐인 듯하다. 문득 '내가 왜 여기 있을까?'라는 물음이 든다. 지금 어디로 얼마만큼 가야 하는지도 모르고 알려 주는 사람도 없다. 그냥 모래 길을 따라 조용히 걸어갈 뿐이다. 그런데 이러함이 좋다. 막연하고 밑도 끝도 없지만 지금의 상황과 눈에 보이는 풍경들이 나의 기분을 좋게 한다. 이런 게 여행인가, 이런 게 인도인가.

인도의 아름다운 아침

카멜보이 미끄럼과 낙타

얼마나 갔을까. 낙타는 나를 믿을 수 없는 곳에 내려놓았다. 아주 잘 정돈되고 잘 닦아 놓은 건물과 몽골족의 전통가옥인 '게르 (Ger)'처럼 생긴 막사들이 보기 좋게 갖춰진 곳이었다. 거기에는 이미 많은 사람들이 흥겨운 노래와 함께 모닥불 옆에서 춤을 추고 있었다. 직원에게 물어보니, 인근 지역 사람들이 와서 파티를 하는 것이란다. 사막에서 파티라니!

　나는 한 번 더 '낚임'을 실감했다. 그래도 인도인의 정신인 '노프라블럼'을 외치며 나를 달랜다. 천막에 짐을 대충 풀고 저녁을 부탁했다. 직원은 젊은 청년이었는데 늘 흥겹고 부지런히 뛰어다녔다. 그리고 매너도 매우 좋았다. 네팔 사람이란다. 한달 뒤 인도를 벗어나면 네팔을 가게 될 텐데 그는 나의 기대를 더 부풀려 놓았다. 밤하늘을 수놓은 별들의 향연을 기대했으나 지금 인도는 온통 안개가 끼는 시즌이라 아쉽게도 내가 생각했던 그런 아름다움은 감상할 수 없단다. 그래도 여전히 인도의 밤과 사람들의 춤과 노랫소리는 더욱 깊어 갔다.

　그들이 어디에서 왔고 누군지는 모르지만 그들의 흥겨움과 기쁨은 고스란히 나에게 전해진다. 약간은 추운 밤, 늦은 저녁을 먹으며 그들을 바라보는 나 역시 그동안의 피로감과 긴장감 대신 흥겨움이 일어나고 있었다. 어디를 가든 음악과 술과 춤은 하나인 듯하다. 그리고 그 음악과 술에 나를 가만히 풀어놓는다.

아름다운 사막(?)에서의 밤

춤과 음악은 서로의 이질감을 없애기에 충분하다

#5   조드푸르로 이동한다. 또 몇 시간이나 가야 할지 모
르겠다. 여기에서는 5-6시간은 기본인 듯하다. 조
드푸르는 내가 가진 가이드북에도 나와 있지 않다. 하지만 나는
어떠한 정보도 없이 무작정 향한다. 왜? '노프라블럼'이니까!

  한참을 달려도 점심 먹을 데가 마땅치 않다. 대신 도로 옆에 있
는 작은 휴게소에 멈춰 잠시 쉬다 가기로 한다. 물론 우리나라의
휴게소를 생각하면 큰 오산이다. 그냥 시커먼 건물 앞에서 무엇
인가를 끓여 파는 게 전부다. 화장실은 당연히 없다. 눈에 보이는

블랙티를 만들어 준 휴게소의 잘생긴 청년

모든 곳이 화장실이다.

블랙티 두 잔을 주문한다. 한 잔은 내가, 한 잔은 그에게 건넨다. 위생이라고는 씻고 찾아볼 수 없지만, 그런 나의 걱정이 전해졌는지 그는 끓이기 때문에 괜찮다며 나를 안심시킨다. 잠깐의 휴식을 취한 후 계속 달린다. 그런데 그 친구, 생각할수록 참 잘생겼다. 이름이라도 물어볼 걸 그랬나?

#6 블루시티, 조드푸르, 그리고 메헤랑가르.

아름다우면서 정겨운 조드푸르. 아무 생각 없이 걷고 걷다 보면 내 눈 앞에 보이는 모든 것을 담고 싶은 마음이 드는 조드푸르. 그렇게 조드푸르는 나의 발목을 붙잡았다. 하염없이 야시장도 누비고, 길거리 음식도 먹고, 아무 데나 앉아서 멋진 석양도 바라본다. 웅장하지만 왠지 슬퍼 보이는 메헤랑가트부터, 골목에서 함께 공놀이를 하는 아이들까지. 내 마음까지 파란색 노을빛으로 물들기에 충분했다.

골목 가로등 밑에서 친구들과 공놀이를 하고 있는 아이들

시장에서 만난 한 아이와 어머니. 시장은 언제나 정겹다

조드푸르의 아름다운 야경

좁은 골목에 최적화되어 있는 릭샤

늦은 밤까지 땅콩을 파시는 할아버지

#7 Holy한 도시인 푸쉬카르. 여긴 도시가 작고 사원들
이 가까이 있어 오토바이를 렌트해서 다니면 좋단
다. 오토바이를 다리 삼아 신나게 돌아다닌다. 지나가는 아이들,
어른들과 손을 흔들어 인사를 나누고, 말도 걸어 본다. 모든 것들
과 그렇게 어울렸다.

역시나 야시장을 가지 않을 수 없다. 여행 초반, 인도의 밤은 무
섭고 두려웠지만, 어느새 적응해 가고 있는 나의 모습을 발견한
다. 여전히 초롱초롱한 눈으로 나를 반겨 주는 많은 호객꾼들 사
이를 이제는 아무렇지도 않게 지나다니며 나만의 시간을 갖는다.
그들도 이제는 피해야 하는, 거슬리는 그 무엇이라기보다, 오히

인도의 골목을 누비는 소 한 마리와 눈이 마주친다

려 어떤 그림의 한구석을 차지하고 있는 듯했다. 여전히 동양인이
나 한국인은 보이지 않고, 늘 인도 사람, 서양 사람들뿐이다. 내
가 좀 이상한 일정을 보내고 있나, 하는 짧은 의문이 들었지만 그
런 게 어디 있겠는가. 이게 나의 여행이다. 어둠이 내린 푸쉬카르
의 밤을 맥주 한 잔과 마무리한다. 차분한 분위기 속에서 무엇인
가 조용히 숨을 쉬고 있는 듯한 푸쉬카르다.

#8 여기는 자이푸르다. 길거리에서 차가 완전 꽉꽉 막
혀서 도저히 움직이질 않는다. 버스기사 아저씨는
익숙하신 듯 뒷문을 열고 아예 시동을 꺼 버린다. 버스에서 자는
사람, 아무렇지도 않게 차에서 내려서 길을 돌아다니다 타기를 반
복하는 사람. 그 누구 하나도 불안해하지 않는다. 오직 내 두 눈
에서만 불안함이 흘러나온다. 왜 이렇게 막히는 거야!! 그런데 저
기 멀리서 아주 시끄러운 소리가 들려온다. 뭐지? 결혼식 행진이
란다. 결혼식을 하는데 온 도로가 다 막힌다. 신기한 건 경적 소
리 하나 들리지 않는다. 모두가 하객이 된 느낌이다. 코끼리 등에
탄 신랑이 멋져 보인다. 부디 행복하게 잘 살길!

길에서 만난 결혼식 행렬

아빠 손을 꼭 잡은 여자아이의 웃음이 참 예쁘다

#우 너무나 멋지고 아름다운 암베르포트.

걸어서 올라가기는 조금 힘들지만(물론 돈을 주고 코끼리를 타고 올라갈 수도 있지만, 코끼리의 눈을 보면 절대 그렇게 하기 어렵다) 올라가면 그 힘겨움을 한 방에 보상받는 느낌이다. 단숨에라도 뛰어내리고 싶은 욕구가 솟구칠 만큼 탁 트인 전경이 시원하다.

길에서 만난 두 꼬마 남매. 언뜻 스치듯 보았음에도 너무나 귀엽고 예쁘다. 아빠처럼 보이는 사람에게 조심히 다가가서 아이들

사진을 찍어도 되겠냐고 물었더니, 아저씨가 하시는 말씀, "그럼 나도 같이 찍어 줘!" 웃음이 났다. 수줍은 많은 남동생을 챙기는 누나의 모습. 그리고 그 뒤에서 흡족하게 바라보시는 아저씨의 눈빛. 벤치에 앉아 엄마의 머리를 손질해 주는 아이, 길거리에서 고장 난 냄비를 고쳐 주는 아저씨까지. 내 기억에 머무르기에 충분했다.

자이푸르의 해도 저문다.

화창한 날씨와 암베르포트

암베르포트에는 참 많은 새들이 날아다닌다

자이푸르에서 만난 풍경들. 사람들. 정신없이 복잡해 보이지만 그 안에는 그들만의 질서와 열정이 녹아 있다.

엄마와 아들

열심히 무엇인가 만들고 계신 아저씨의 눈빛

열심히 냄비를 고치시는 아저씨와 손님

아름다운 아이들의 미소

#11 　바라나시로 가기 전, 타지마할에 잠시 들른다. 평생 보지 못하고 죽을 것 같았는데, 내 앞에 타지마할이 서 있다. 아니, 타지마할 앞에 내가 서 있다. 자무니 강가 건너편에서 바라본 타지마할. 계절이 맞지 않아 타지마할 위로 떨어지는 태양은 찍을 수 없었지만, 그곳에서 연세가 지긋하신 독일인 부부를 만났다. 남편은 자신을 사진작가라고 소개했다. 오랜 시간 동안 사진 일을 해 오신 듯했다. 우리는 함께 앉아 서서히 저물어 가는 해를 물끄러미 바라보았다. 그 어떤 대화도 소리도 필요하지 않았다. 마치 모든 시간이 멈추고, 태양만 움직이는 것 같았다.

아름다운 석양과 타지마할을 뒤로한 채 아그라 기차역으로 향한다. 타지마할 못지않게 아름다웠던 아그라포트. 그리고 그 안에서 만난 사람들. 아그라에서의 너무나 짧은 시간이 아쉽기만 하다.

이제는 바라나시다!

아무니강 건너편으로 보이는 타지마할

다람쥐와 승려

과일 파는 아저씨와 아들

인도의 밤거리를 달리는 자전거 탄 아저씨

#12 그런데, 기차역에서 정말 큰일이 날 뻔했다. 내가 반대 방향으로 가는 기차에 올라탄 것이다. 내 차표에 써진 번호 칸에는 탑승객이 없어 나는 한 치의 의심도 하지 않고 무거운 짐 가방을 풀었던 것이다. 구세주가 나타나 나를 구원해 주었기에 다행이지 아니었으면 나의 여정은 정말 거꾸로 갈 뻔했다!! 그 구세주는 바로 어떤 프랑스 부부였다.

기차역 플랫폼에서 그들을 만났다. 다들 인도 여행이 초보라 안 되는 영어로 정보도 주고받고, 그렇게 서로의 짐도 맡아 주고, 물도 나누어 마시고 정답게 인사를 나누며 헤어졌다. 그런데 그들은 그들 좌석에 누가 이미 자리를 하고 있어서 빨리 알아차리고서는 나의 칸으로 뛰어와 나를 데리고 내린 것이다. 아! 이 얼마나 평생 못 잊을 은혜를 입었는지. 그때 이름과 연락처를 받아 놓지 못한 것이 계속 아쉬움으로 남을 뿐이다.

인도의 기차역은 실로 엄청났다. 상상 이상의 기차와 그리고 그 이상의 사람들. 인도 기차의 화장실은 푸세식(?)이다. 신나게 지나가는 바닥이 바로 보인다. 고로 용변을 보면 그것이 바로 땅으로 떨어진다. 그런데 더 문제는 그런 철길을 애고 어른이고 동물들이고 막 지나다닌다는 것. 결과적으로 동물과 인간의 흔적들이 섞여 길가에 아로새겨지는 나라가 인도다. 인간과 자연이 하나이고 동식물과 인간도 하나임을 땅이 보이는 화장실에서 깨닫는다.

인도의 기차역은 기차가 언제 도착하는지 언제 출발하는지 알수 없다. 도착하는 플랫폼의 번호도 수시로 바뀌어 사람들이 이리로 저리로 휩쓸려 다닌다. 하지만 그 누구 하나 항의하지 않는다. 아니, 어쩌면 항의를 해도 소용이 없다. 엄청난 연착과 지연이 수없이 반복되는 완행열차. 도착 시간도 알 수 없는, 그래서 혹여나 목적지를 지나칠까 조마조마 실눈 뜨며 잠을 청하는 그런 열차가 인도 기차다. 새벽에 춥기도 하고 불편하기도 해서 몇번이나 깨면서 아침이 밝아 오기를 기다렸다. 도착 시간을 모른다는 건 상상 이상으로 힘들다. 긴장한 채 수시로 깨어 지금 위치와 시간을 확인해야만 한다. 도착하면 방송이 나온다고는 하

는데 그것도 의심스럽고, 그 방송을 내가 들을 수 있을지도 자신
없었다.

 아침에 토스트 및 간단한 식사를 파는 사람들, 지나다니면서 '짜
이~짜이~' 하며 짜이티를 파는 사람들, 음료수를 파는 사람, 청소
를 하는 사람……. 수많은 사람들의 분주한 움직임, 그 모든 것이

기차에서 짜이를 파는 아저씨의 웃음이 너무 밝다

긴장을 놓을 수 없는 인도의 기차역

철길을 사이에 두고 우리의 눈이 마주쳤다

이 작은 기차 칸에서 다 이루어지고 있었다. 아이들의 옹알거림 같은 소음 속에서 언제 도착할지 모르는 기차는 달리고 달린다. 그 안에서 12시간이 훌쩍 지나갔다. 새벽 4시 55분에 도착해야 하는 기차가 오후 1시 30분이 되서야 도착했다. 이유는 안개 때문이란다. 그렇게 나는 무사히(?) 바라나시에 도착했다.

그런데 그게 끝이 아니었다. 찾고 또 찾고 묻고 또 물어서 어렵게 도착한 숙소가 생각보다 도심지에서 너무 멀리 떨어져 있었다! 짐을 풀자마자 고민 끝에 다시 짐을 싸고 도심지에서 조금 더 가까운 숙소로 이동한다. 그리고 짐을 풀었는데 하필 또 방 문고리가 고장이란다. 그래, 12시간 동안 왔는데 고작 옆방으로 못 가겠냐. 다시 옆방으로 이동. 오늘은 정말 고되고 긴긴 하루다.

하지만 기차역에서 만났던 프랑스 부부, 가족들, 아이들, 말이 안 통하는 나 대신 전화를 받아 주시던 아저씨까지 모두가 생각난다. 어디에서 와서 어디로 가는지도 모르는 그들이지만, 함께했던 아주 짧은 시간들, 그 속에 또 다른 비슷함이 있음을 충분히 느낄 수 있었다.

바라나시, 너를 만나기 참 어렵다.
그래도 만나니 좋구나, 바라나시!

기차 안에서
자기의 동생을 찍어 달라는 누나와 남동생

#13 바라나시에 도착하자마자 장탈이 났다. 어찌 지금
까지 잘 버텨 온다 했다. 하루에 화장실을 5-6번
다니면서 정신도 육체도 혼미해졌다. 정말 지독한 장탈이다. 전
날 기차에서 아침으로 먹은 토스트 이외에 하루 종일 아무것도
먹지 못하고, 먹고 싶은 맘도 없다.

반 시체처럼 침대에만 붙어서 씻지도 못하고 산 송장으로 뒹굴
뒹굴만 거렸다. 어디선가 인도에 오면 다들 이렇게 한 번씩 아프
다고 했던 말과 함께 현지 약이 더 잘 든다는 정보를 이미 알고 있
었지만 미리 구입하지 못했던 게 불찰이었다. 다행이 현지의 약
을 구해 복용 할 수 있었고, 곧바로 나는 다시 기절했다! 신기하
게도 어느 정도 시간이 지나자 조금씩 회복되었다. 배도 덜 아프
고 화장실 신호도 심하지 않았다. 역시 현지약이 진리였던 것인
가! 물론 완전한 회복은 아니었지만, 그래도 많이 좋아졌다.

늦은 오후가 되어서야 정신을 좀 차리고 가트로 나갔다. 북인
도의 진면목을 만날 수 있는 바라나시! 처음 만나는 갠지스의 풍
경, 아이들, 어른들 할 것 없이 모두가 강가에서 각자 나름대로
의 삶을 살아내고 있었다. 물론 그 가운데는 호객행위도 쉬는 법
이 없다.

스쿨 릭샤(?)

갠지스의 아름다움을 캔버스에 담고 있는 소녀

10년과 바꾼 100일간의 여행 이야기

갠지스 강가에서 만난 소

무채색의 갠지스강과 빨간 옷의 소녀가 너무나 인상적이었다

책가방을 꼭 안은 학생과 눈이 마주쳤다

#14 바라나시 곳곳의 모습들. 때론 정신없고, 때론 혼
란스럽고, 매캐한 냄새가 허파를 찌르지만 그래도
무엇인가 알 수 없는 정겨움이 묻어 있는 곳. 천진난만한 얼굴로
뛰어다니는 아이들과 강아지들부터 갠지스강에서 화장되기를 평
생을 기다리는 사람들까지. 삶과 죽음이 늘 공존하는 곳, 이 모
든게 바라나시다.

화장터의 모습을 직접 목격한 것은 기회였으면서 동시에 충격
이었다. 내가 갔을 때에도 여전히 화장이 이루어지고 있었다. 어

아저씨가 태우시는 저 담배 연기 속에는 무슨 생각이 담겨져 있을까

느 아저씨의 친절한 설명과 안내. 화장에 필요한 나무 1kg에 약 485루피. 대략 한 사람당 100-200kg의 나무가 필요하단다. 우리나라 돈으로 약 130만 원이나 필요한 것이다. 엄청나게 큰돈이다. 이 돈이 없어서 거룩한 죽음조차 꿈꾸지 못하는 수많은 사람들. 그러면서 생을 마감하는 더 수많은 사람들. 삶과 죽음의 경계가 모호한 바라나시.

화장(火葬)에 쓰이는 나무를 자르고 계시는 아저씨
누군가의 죽음에 필요한 나무는 동시에 누군가의 삶에 필요하기도 하다

#15 우연치 않게 찾아간 Banara Hindu University. 학교 학군단(?)처럼 보이는 그들과의 짧은 만남, 환한 미소.

사진기를 들자 곧 멋진 포즈를 취해 주는 군인들

대학생들의 행렬

손을 흔들어 주는 여군의 모습

#16 인도의 빛의 축제
'디왈리(Diwali) 축제'.

장엄하고도 멋진 디왈리 축제의 모습

손에 새겨진 주름만큼이나 간절한 그녀의 기도

#17

한마디로 충분하다.

Vārānasī!

정신을 잃기에 충분한 바라나시의 복잡함

잘생긴 청년과 그의 동생

그들의 분주함과 정신없는 소음까지도 모두 하나를 이루는 바라나시

릭샤꾼의 발. 가늘고 까만 그의 발목이 눈에 들어온다

이른 아침, 과일을 파는 아저씨

그들과 함께 나의 기도를 마음에 새겨 본다

#18 어느덧 바라나시에서의 아름다운 악몽 같은 시간도, 인도에서의 믿기지 않은 시간도 마무리할 때가 왔다. 아침 새벽부터 하염없이 갠지스 강가에 앉아 있다. 짙은 안개에 하늘과 물의 경계가 사라지듯 인도라는 나라와 나의 경계도 그렇게 사라져 감을 느낀다. 갠지스의 풍경에 내가 젖어 가고, 내 안에 갠지스가 젖어 든다. 너무나 짧고도 뜨거운 시간을 보낸 인도와의 이별의 아쉬움까지도 갠지스 강에 흘려보낸다. 어머니가 한국에서부터 싸 주신 대추과자를 먹으면서.

안녕, 갠지스.
안녕, 인디아.

이른 아침 몽환적인 갠지스강의 모습

갠지스강과 뱃사공 아이

이제 다시 엄청난 이동이 시작된다. 인도에서 네팔까지 육로로 국경을 통과해야 한다. 바라나시에서 고락푸르를 지나 소나울리, 그리고 네팔 포카라까지. 대략 500㎞에 달하는 거리다. 그러나 이 500㎞는 말 그대로 숫자에 불과하다.

깊은 잠에 못 이겨 자꾸 자기 어깨로 고꾸라지는 인도 여행객의 머리를 매번 밀어내는 서양인, 무슨 말인지는 모르나 자기들끼리 말을 주고 받으며 하얀 이를 드러내며 웃는 사람들, 툭하면 시동을 끄고서 무슨 말인가를 한참이나 주고받은 뒤 그제야 슬슬 시동을 거는 기사 아저씨까지 정말 불편하기 짝이 없는 버스를 타고 한참을 달리고 또 달린다. 도중에 차가 멈추어 서면 자연 안에서 자신의 볼일(?)을 처리하고, 또 휴게소 아닌 휴게소에 들러 주전부리를 먹기도 한다. 말로 다 표현할 수 없이 고되고 긴 시간이다. 가도 가도 끝이 없다. 내가 할 수 있는 것은 덜컹거리다 못해 부서질 것만 같은 버스에서 잠을 청하는 것과 귀청이 떨어져 나갈 것 같은 버스 엔진 소리가 잠시 멈췄을 때 밖으로 뛰쳐나가 기지개 펴는 것. 그것이 전부다. 그래도 확실한 건 조금씩 네팔에 가까워지고 있다는 사실이다. 이 모든 게 점점 나를 흥분시키고 있음을 말하고 있었다.

네팔아, 기다려라! 내가 간다!

바라나시 기차역

소나울리행 버스 티켓

1등급 버스. 불편함이 1등급이다

PART **02**

자연의 도시
네팔 포카라와
히말라야

#20-41

인도의 국경. 여기를 넘으면 네팔이다

#20　　인도-네팔 국경에서 우연치 않게 한국 여행객 9명
을 만났다. 지나가는 이런저런 팀을 모았다. 서로
뻘쭘하게 서서 시간만 보내고 있는 게 너무 답답했다. 다들 생각
만 많았다.

　내가 모두를 소집한다. "여기 모이세요~" 불편함이 1등급인 버
스로 또 다시 고생하며 긴 시간 동안 돌아가느니 돈을 조금씩 모
아서 좀 더 편하게 밴(Van)을 타고 가자는 결정을 냈다. 어쩌다
내가 주선자가 되어서 돈도 걷고, 현지 드라이버와 조율도 했다.
인도에서 흥정에 도가 텄는지 절대 추가 금액 없는 것으로 못을

자연이란 이름의 학교로 향하는 여학생들

박았다. 총 금액의 반을 먼저 주고 도착한 다음에 나머지를 지불하기로 한다. 총 3팀으로 우리는 이제 다시 170㎞, 약 5시간의 이동을 시작한다. 아, 엉덩이가 욕하는 소리가 들린다. 그래도 좀만 더 참자. 버스보다 편한 밴이잖아??

네팔에 오니 확실히 다르다. 길거리의 모래를 에어펌프로 청소할 뿐만 아니라, 길거리에 돌아다니는 소나 개도 없어 깨끗하고 무엇보다도 조용하다. 경적 소리도 없고 차량도 없다.

공부하는 두 남매의 표정이 진지하고도 예쁘다

맨날 인도에서 노란 흙먼지만 보다가 초록 산을 보니 새롭고 마음이 편해지는 듯하다. 깎아지른 듯한 절벽을 따라 차는 내달린다. 정말 10㎝만 벗어나면 영영 돌아올 수 없는 강을 건널 것만 같다. 꼬불꼬불 산길을 달리고 또 달리면 레고 마을 같은 산 위 마을이 나온다. 교복을 입고 학교에 가는 학생들, 작은 가게를 운영하는 주민들, 비탈길에 열매처럼 색색이 박혀 있는 그들의 모습, 그 모두가 아름다운 자연과 하나되어 살아가고 있다. 국경 하나 넘었을 뿐인데, 엄청나게 달라졌다. 아름다운 자연 안에서 사는 그들.

그래서인지 왠지 인도 사람들보다 더 순해 보이고 차분하게 느껴진다. 길가의 작은 가게에 앉아 손님을 기다리는 엄마와 아이들이 보여 그곳으로 향한다. 조심히 다가가 공부하는 아이들을 찍으려는 나에게 어머니가 공책을 밀어주면서 사진기를 보라며 아이를 다그친다. 어머니의 헌신적인(?) 협조로 열공모드의 모델이 되어준 귀여운 꼬마 친구들의 눈빛이 아직도 기억에 생생하다.

어둠이 내려도 여전히 꼬불길 6시간째. 순도 100% 모든 길이 다 꼬불길이다. 오르락내리락 전등 하나 없는 깜깜한 밤, 산등성이 이곳 저곳에 박혀 있는 집들이 마치 밤하늘의 별 같다.

하늘에서도 별, 땅에서도 별.

그렇게 네팔 포카라로 향한다!

#21 네팔 포카라에서의 첫 아침이 밝았다. 너무나 조용한, 작은 시골 마을이다. 난생 처음 와 보지만 왠지 낯이 익고, 익숙한 느낌의 공기가 나의 온몸에 스며든다. 한국에서만 연락을 했던 김유진 교수님께도 처음으로 인사를 드린다. 네팔에서는 ABC(안나푸르나 베이스캠프)에 오를 것이다. 해발 4,200m 정도의 높이다. 기껏해야 지리산 천왕봉, 제주도 한라산이 전부였던 나에게 머리털 나고 가장 높은 곳이 될 것이다. 너무

히말라야

나 설레고 기대된다. 그리 멀지 않은 곳에 보이는 파란 하늘 밑에 뾰족이 솟은 하얀 산. 바로 저곳에 내가 간다니!

오늘은 숙소에서 체크아웃을 한 뒤 짐만 맡기고 김 교수님과 함께 각종 등산 장비와 필요한 물품 조사에 나섰다.

나는 지금 히말라야 밑에 있다!

#22 한 달 정도 인도를 여행하는 동안 긴장과 걱정의 연속이었다. 눈앞에서 소매치를 당할 뻔한 일과, 기

차를 잘못 타서 거꾸로 갈 뻔한 일, 인도 사람들에게 둘러싸여 공포스런 분위기가 조성되었던 일 등등. 정말로 내 몸에 피가 말라서 몸무게가 줄어든 것 같은 긴장의 연속. 너무나 인상적이었지만 동시에 고되고 쉽지 않은 시간들이었다. 정신적·육체적인 소모가 많았던 그런 시간들을 보내고서 지금은 아름다운 네팔 포카라. 나에게 포카라를 한마디로 정의하자면, '쉼'이다. 누구 하나 급하거나, 큰소리가 들리거나, 복잡하지 않다. 그냥 모든 것들이 그대로 조용히 숨을 쉬고 있다. 아름다운 자연도, 아이들도.

그동안 정리하지 못했던 일기들과 사진들을 오랜만에 정리해본다. 따뜻한 햇살 아래에서.

이발사와 손님. 우리나라 돈으로 약 3천 원이란다

아이의 해맑은 웃음이 예쁘다

10년간의 비혼 100일간의 여행 이야기

패러글라이딩

저녁이 되면 꽤나 추워 다들 이렇게 불을 피운다

엄청난 땟국물(?)을 자랑한 빨랫감들

#23 인도에서 데미지(?)를 입은 나의 위장이 쉽게 회복되지 않나 보다. 화장실에서의 고생스런 시간들이 자꾸 이어진다. 형님(김 교수님)과 숙소 가까운 곳 작은 식당에서 간단히 샌드위치와 커피 한 잔을 마신다.

숙소 아주머니께 부탁해서 엄청 큰 대야를 빌렸다. 세제를 넉넉히 풀고서 모든 옷과 수건, 침낭까지 모조리 쏟아붓는다. 신나게 발로 밟자 내 눈에 드러나는 건 세상에게 가장 더러운 새까만 땟국물이다. 어떻게 이렇게 더러울 수가 있을까 하는 놀라움을 연신 내뱉으며, 몇 시간 동안 그렇게 빨래에 전념한다. 차가운 물에 손 발이 시리지만, 마음만큼은 정말 너무나 개운했던 빨래 시간. 아 주머니가 이불을 밟는 나를 보시며 함박웃음을 지으신다.

엄청 많은 렌탈샵들을 하나하나 돌아다니며 꼼꼼히 비교 분석한 후에 한곳을 결정했다. 가게에 들어가 장비들을 한 번 더 체크한 후 대여 계약서에 서명 하는 내 볼펜에서 사뭇 진지함이 묻어 나 온다. 다른 가게들과 비교도 해 보고 흥정도 하며, 또 때로는 주 인아저씨와 웃기도 하고 농담도 하며, 그렇게 히말라야가 가까워 지고 있음을 느낀다.

이른 아침, 학교 갈 준비가 한창인 여학생

#24 화창한 햇살에 빨래도 마치고, 장비 체크도 완료다. 낮잠도 충분히 자두어서 컨디션은 날씨만큼이나 최고다. 함께 산행을 할 팀도 모두 정해졌다. 불필요한 짐들은 모두 꺼내고 정말 필요한 짐들로만 가방을 꾸린다. 긴장감과 설렘과 두근거림이 나의 전부를 휩싼다. 적어도 내가 죽기 전까지 절대 잊지 못할 시간이, 동시에 내 인생에 있어 중요한 디딤돌이 될 시간임을 직감적으로 느낀다.

배낭의 무게보다 훨씬 더 큰 긴장감을 안고서 히말라야에 힘차게 나의 첫 발을 딛는다. 수없이 오르고 내리고 쉬기도 하고 걷기도 하고 땀도 흘린다. 숨이 차오르고 다리도 조금은 아프지만, 그래도 괜찮다. 오늘 목적지는 해발 2,020m 울레리.

하늘 아래에서 사는 사람들, 아이들, 동물들. 가난하지만, 늘 웃으며 밝은 인사를 나눈다. 자연에 순응하며 사는 그들의 모습이 너무나 평안하고 행복하게 보인다. 똥을 싸며 올

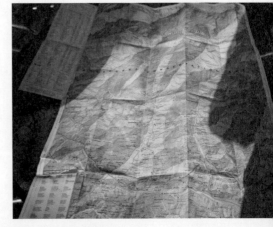

지도를 보며 코스를 최종 점검한다. 긴장감이 몰려온다

히말라야에서 만난 아이

라가는 소떼도, 방울을 울리며 짐을 싣고 가는 당나귀들도, 나무
에 매단 그네를 타는 아이들도 모두가 웃는다. 산속에서 처음으로
맞이하는 아름답고도 긴긴밤이다.

나무에 매달아 놓은 그네를 타는 아이들

이렇게 높은 곳에서도 운동을 하는구나. 농구장과 배구장

산 너머로 아침 해가 떠오른다

#25 아침 6시에 기상. 일찍 일어나는 데엔 아직 문제가 없다. 사진기를 들고 가장 먼저 밖으로 문을 열고 나간다. 웅장하지만 너무나 고요하다. 샌드위치와 삶은 계란으로 간단히 아침을 먹고 서둘러 출발 준비를 마친다. 올라오니 정말로 춥다. 앞으로 더 강하게 엄습해 올 추위에 대한 걱정이 밀려온다.

한 걸음 한 걸음 옮길 때마다 엄청난 자연에 놀란다. 깨끗한 물과 그보다 더 깨끗한 아이들의 눈을 만나는 순간, 나까지도 깨끗해지는 듯하다.

아이가 나를 신기한 듯 바라본다

열심히 무언가를 하는 자매

도중에 잠시 쉴 겸 작은 가게로 들어간다. 아주머니 한 분이 너무나 자연스럽게 차를 내어 주신다. 꿀을 탄 생강차 맛이다. 맛이 아주 좋다. 여기에서는 고산병에 좋은 생강차를 많이 마신다고 한다. 아주머니는 미혼이신데 여기에서 7년째 지내고 계신단다.

날씨는 춥지만 햇살은 정말 좋다. 점심때가 돼서야 등산화를 풀고 오랜만에 발가락에 바람을 쐬어 준다. 덤으로 양말에게도 햇살을 선물한다. 따뜻한 햇살과 시원한 바람과 깨끗한 공기를 마음껏 즐긴다.

불현듯 우리가 한 팀이라는 느낌을 받는다. 너무 급하지도 그렇다고 너무 천천히도 아닌, 서로를 잘 배려하면서 우리는 하나가 되어 그렇게 한 걸음씩 옮긴다.

인생도 그다지 빨리 달릴 필요가 없지 않을까. 물론 사람들 마다 목적지는 조금씩 다르겠지만, 많은 사람들이 너무나 급하게 달리기를 하는 듯하다. 원치 않아도, 세상이, 나라가 그렇게 부추김에 안타까움이 밀려든다. 때론 시원한 바람이 불고, 때론 땀방울이 떨어지고, 때론 따뜻한 차 한 잔의 여유가 있는 산행처럼 그렇게 걸어가 보는 건 어떨까.

오르락 내리락 산행 길은 어제보다 수월하게 느껴졌다. 몸도 조금씩 산에 적응해 가고 있는 듯하다. 목적지인 고락파니(2874m)가 눈앞에 보인다. 역시나 산속에서의 날씨는 변화무쌍하다. 점심때까지만 해도 그렇게 맑았던 하늘이, 급격히 추워지고 구름이 많아졌다. 우리 팀의 리더인 먼(Mann)의 얼굴도 같이 어두워진다.

잠을 청할 숙소는 큰 난로가 있는 롯지다. 산속에서 이틀 밤째 보내고 있는 오늘, 오자마자 두터운 오리털 파카와 침낭을 미리 깔아둔다. 아주 옛스런 난로 위에는 더 오래된 듯한 주전자가 올려져 있고, 그 위로 걸려 있는 빨랫줄의 모습이 정겹게 느껴진다. 삼삼오오 모여 앉아 차를 마시며 이런저런 이야기를 나누는 동안 여기저기에서 웃음이 터져 나온다. 아직 식사 시간도 멀었는데 허기가 져 메뉴판에 적혀 있는 한국 라면을 외면할 수가 없다. 매콤하고 얼큰한 이 맛! 바로 한국의 맛! 비싼 가격만큼 맛도 정말 기똥차다.

롯지 바깥에 설치된 수도꼭지를 틀어 찬물로 손빨래를 하는데, 정말 이루 말할 수 없을 만큼 엄청나게 차갑다. 연신 입에서 탄성과 고함이 폭발하지만, 멈출 수 없다. 빨리 끝내는 수밖에!

오늘 하루도 기쁘고 즐겁고 모두가 무사할 수 있어 감사하다. 내일은 또 어떤 일정이 기다릴까, 또 어떤 사람들을 만날까. 조금씩 ABC와 가까워지고 있다. 어머니도 친구들도 생각이 난다. 보고 싶은 마음이 든다. 그러나 인터넷이 되지 않아 연락할 방법이 없다.

이런저런 생각을 하고 있는데 갑자기 먼이 나를 부른다. 그러더니 다짜고짜 작은 주방으로 나를 데리고 간다. 거기엔 이미 다른 여행객들과 현지 사람들이 모여 앉아 노래하고 춤을 즐기고 있었

바로 마실 수 있을 만큼 깨끗하다

따뜻한 차 한 잔에 피로가 녹는다

다. 네팔 노래, 네팔 소주와 함께. 먼이 독한 술을 잘 못 먹는 나를 위해 맥주를 주문하는 센스를 발휘한다.

노래 가사는 이해할 수 없지만, 아무런 문제가 되지 않는다. 모두가 하나 되어 점점 더 즐거움이 깊어 갈 뿐이다. 이런 시간들이 화로의 뜨거운 불씨처럼, 고되지만 아름다운 이 산행의 일부를 채우고 있음을 느낀다.

롯지에서 만나는 한국의 맛!

#26

새벽 4시 30분 기상. 밖은 내 손도 보이지 않을 만큼 캄캄하다. 말 그대로 암흑(暗黑)이다. 암흑 속에서 무수한 별늘을 마주한다. 내 생애 가장 아름답고 웅장한 별 무리다. 드디어 오늘 해발 3,000m를 넘어선다. 끝없이 펼쳐진 오르막길, 너무나 가파른 만큼 나의 숨소리도 거칠어진다. 군데군데 얼음도 있어 매우 위험하다.

별이 푼힐의 밤하늘에 알알이 박혀 있다.

푼힐에서 맞이하는 아침 일출

푼힐에서 맞이하는 아침 일출. 내가 지금 여기에 서서 저 태양을 마주한다는 사실이 놀랍고 믿어지지 않을 뿐이다. 아무리 사진기 셔터를 눌러 보아도 여전히 이 모든 아름다움을 다 담을 수 없음을 실감한다. 여기 지금 이 순간, 사랑하는 사람들과 함께 있었다면 얼마나 좋았을까-.

보고 싶다.

"형님, 저희 사진 한 장 찍어 주십시오. 앉아서!"

나의 부탁에서, 형님의 손가락에서 평생 잊지 못할 한 장의 사진이 남겨졌다. 바로 해발 3,000m 푼힐에서!

너무나도 마음에 드는 사진
가운데가 본인이다
(Photo by 김유진)

 # 27   새벽 3시, 별 사진을 찍기 위해서 혼자 잠자리에서
일어난다. 일행이 깰까 조심스럽게 장비만 챙겨 문
을 열고 나선다. 그런데 달빛이 너무나 밝다. 반신반의로 삼각대
를 설치해 본다. '춥다'라는 표현이 부족할 정도로 정말로 춥다.
그렇게 몇 군데의 장소를 옮겨 다니며 작은 손전등에 의지해 열심
히 셔터를 누른다. 사진기는 밤하늘의 별빛을 메모리카드에 담

롯지에서 바라본 밤하늘

고, 나는 지금의 이 순간을 가슴에 담는다.

　미치도록 너무나 추웠던 밤, 그러나 그 추위보다 더 아름다웠
던 밤. 나와 별들이 함께 이야기했고, 별빛으로 온몸과 마음을
씻은 밤.

 # 28   오르락, 내리락, 햇살 길도, 그늘 길도, 돌길도, 진

흙길도 한 걸음씩. 탁탁 등산용 스틱 부딪치는 소리

와 거친 호흡만이 깊고 깊은 산속에 울려 퍼지면 이따금씩 날아가는

새 몇 마리가 우리 팀을 응원해 준다. 이렇게 높고 험한 산길에도

누군가 이미, 그리고 수많은 사람들이 길을 잘 닦아 놓았다. 나는

지금 단지 그 길을 따라서, 그 길 위에 서 있는 것뿐이다. 그러니 딱

히 힘들다고 불평할 것도 투덜거릴 것도 아니다. 나도 힘들지만, 때

론 나 보다 더 힘들고 어려운 사람들, 예를 들어 지금 내가 서 있는

이 길을 닦기 위해 무거운 돌들과 장비들을 들고 수 없이 올랐을 그

들을 생각한다면 이겨낼 수 있다. 비록 나의 짐의 무게는 변하지 않

는다 하더라도, 내 지친 마음의 무게는 더 가벼워 질 것이다.

롯지 주인 아주머니와 아들

따뜻한 난롯가에 모인 우리들, 그리고 장작보다 더 뜨거운 우리들의 마음

밤이 늦도록 우리들의 이야기는 그칠 줄을 모른다

   등산길에서, 또 숙소에서 정말 다양한 사람들을 만난다. 중국 친구들, 한국인 부부, 덴마크, 네팔, 일본 등 각국의 여행객들과 그들의 포터들 가이드들까지. 따뜻한 난로에 옹기종기 모여 인사도 나누고, 소개도 하고, 질문들과 대답들이 이어진다. 그칠 줄 모르는 여행 이야기와 사연들, 고민들과 웃음들. 때로는 진지함이 모여 난롯가가 더욱 따뜻해진다. 난생 처음 만나는 사이지만, 그리고 다시 언제 볼지 모르는 사이지만, 이 시간 누구보다도 더 가까워짐을 느낀다.

   밤하늘에 구름이 짙다. 하지만 무엇이 걱정이겠는가. 우리가 지금 여기 2,680m에 모여 하나가 되어 있지 않는가!
   타다파니의 밤도 하나가 된다.

#28

어김없이 떠오르는 아침 태양, 그 태양을 매일같이 마주하지만, 그 느낌은 이상하리만치 늘 새롭다. 솟아오르는 태양 빛을 맞으며 촘롱을 향해서 다시 떠난다. 이제는 짐을 풀고 싸는 것에 달인이 되었다. 정말 벽돌을 쌓듯이 공간 하나 남기지 않고 아주 차곡차곡 잘 넣는다. 눈 감고도 짐을 챙길 수 있을 것 같다.

저 멀리 손이 닿을 듯한 곳에 붉은 태양이 떠오른다

촘롱을 향한 구간은 심한 오르막과 내리막의 연속이다. 내리막길
이 그리 반갑지 않다. 내려간 만큼 더 올라가야 하는 것을 알기 때문
이다. 당연한 말이지만 내리막이든 오르막이든 그 길은 항상 같은
방향과 같은 경사로 고정된 길이다. 다만 내려오는 사람에게는 내리
막길이 되고, 반대로 올라가는 사람에게는 오르막길이 될 뿐이다.
길 자체는 오르막도 내리막도 없다. 단지 내가 어떻게 서 있냐에 따
라 그 길이 오르막이 될 수도, 내리막이 될 수도 있는 것이다.

또 나에게 내리막이라고 해서 항상 내리막은 아니다. 정상을 다
녀온 후 하산 시에 분명 이 길은 나에게 내리막이 될 것이기 때문
이다. 그러니 내리막이라고 또 오르막이라고 불평불만을 할 필요

정말 잊지 못할 촘롱 가는 길

가 없지 않은가! 그저 묵묵히 한 걸음씩 옮기면 그만이다.

지금 내리막이라고 또 오르막이라고 많은 것들을 단정 짓지 말자. 길은 변하지 않지만 내가 변할 수 있기 때문이다. 지금 내가 힘들다고 땀이 난다고 길을 탓하지 말자. 지금은 힘들지만 언젠가 시간이 흐른 훗날에는 웃을 수 있기 때문이다. 촘롱까지 거의 해발 1,000m를 내려오다 다시 올라간다.

그 길을 가면서 첩첩산중에 사는 사람들, 닭과 동물들, 하늘을 지붕으로 삼고 사는 사람들을 만난다. 차도 마시고, 점심도 먹고, 그들이 생활하는 주방과 집도 살짝 엿본다. 말하지 않아도 우리가 무엇을 필요로 하는지 대번에 알아맞히는 그들의 미소가 너무나 아름답고 인상적이다.

점심을 먹고서는 엄청난 폭우를 만났다. 정말 순식간에 하늘에 구멍이 뚫린 듯 무섭게 쏟아 내린다. 폭우와 천둥 번개 소리가 온 산골짜기를 뒤흔들고 지나간다. 바짝 긴장이 되었지만, 다행히 길가에 있는 작은 롯지 처마 밑에서 큰 비를 피할 수 있었다.

산행길 도중에 만난 어느 학교. 학생에게 학교 이름을 물어보았지만 이름이 어려워 잘 기억나진 않는다. 다만 그곳에 약 94명의 학생들이 다니고 있단다. 높디높은 안나푸르나를 배경으로 둔 이 학교가 너무나 인상적이고 신기하게 느껴졌다. 우리들이야 인생에 한 번 올까 말까 한 그 산을 이들은 매일 보며 등하교를 하는 것이다. 그것도 뛰어다니면서.

 망설이지 않고 교문 안으로 살짝 들어가 본다. 내친김에 선생님께 다가가 배구를 하고 있던 학생들과 함께 게임을 즐길 수 있느냐고 양해를 구했더니, 흔쾌히 허락해 주셨다. 배낭을 내던지고 면과 나를 포함해서 두 명씩 각 팀에 들어갔다. 아이들은 거의 프로였다. 블로킹과 스파이크, 리시브 등 정말로 멋지게 잘했다. 아웃라인도 서비스 라인도 없었지만 그렇게 우리는 땀을 흘리고 때로는 바닥에 구르기까지 하며 최선을 다했고, 연신 파이팅과 하이파이브를 나눈다.

 창문으로 그런 우리들을 구경하는 아이들의 웃음소리, 응원하는 소리, 박수 치는 소리, 히말라야를 병풍 삼아 하늘 아래 학교에서 우리는 아이들과 하나가 되었다.

 초등학교 저학년처럼 보이는 아이부터 고등학생으로 보이는 아이들까지. 모두가 히말라야의 만년설처럼 너무나도 하얗고 밝았다. 잠시나마 아이들과 함께했던 그 시간이 오래도록 가슴에 남겨져 있을 것만 같다. 정말로 잊지 못할 시간이었다.

 아이들, 여인들, 지나가는 나귀들(엄밀히 말해서 당나귀와 말의 교배종)의 목에 달린 종소리까지도 모두 히말라야의 일부였다. 그 그림에 어느 것 하나, 어느 누구 하나 제외될 수 없었다. 이렇게 웃고 땀 흘리다 보니, 어느덧 바로 내 눈앞에 펼쳐진 마차푸차레와 ABC 뒤편의 모습이 보인다. 이제 정말로 가까워진 느낌이다.

학교에서 운동

그 웅장함과 아름다움이 고스란히 나에게 다가오고 있다.

촘롱 이후인 내일부터는 본격적으로 깊은 산속으로 들어간다. 경사도 훨씬 가팔라지고, 산행 시간도 길어진다. 이제까지는 몸 풀기에 불과했단다. 구름이 순식간에 피어올라 모든 것들을 덮어 버리다가도 어느새 사라져 버리는 변화무쌍한 날씨지만 그래도 포기하지 않는다.

나는 지금 히말라야에 있다.

#30　6시가 채 안 되어 일어난다. 밖은 온통 컴컴하다.
날씨가 정말 춥다. 그래도 별 사진을 찍기 위해서
침낭 밖을 나선다. 여전히 별과 달이 떠 있는 시간이 겹쳐서 사진
찍기가 쉽지 않다.

여느 때처럼 아침을 먹고 숙박과 음식 값을 계산하고 배낭을 챙

만년설인 산봉우리에서 눈이 휘날린다

겨 8시 40분경 출발. 전과는 달리 왠지 모를 긴장감이 맴돈다. 어
젯밤 먼과의 이야기가 생각났다. 롯지 식당에서 늦게까지 이런저
런 이야기를 주고받다 잠을 청했다. 산행 시 주의사항, 언론에는
보도되지 않았던 히말라야의 사고 이야기들, 가족에 관한 이야
기, 삶에 대한 생각들 등등……. 모두 알아듣지는 못했지만 그래
도 충분히 공감하고 서로의 생각을 나눴던 밤이다. 특히나 형님

이 이야기의 중심이었다. 과연 지금의 무릎 상태로 앞으로의 산행이 가능할 것이냐 하는 것이다. 올라갈 수는 있어도 내려오는 것에 대한 형님의 부담이 크신 모양이다. 여기에서 갈라져 형님이 쉬는 동안 우리만 다녀오느냐, 아니면 다 같이 도전해 보느냐 등등의 여러 가지 가능성에 대해서 이야기를 나눴다. 형님도 우리도 서로를 더 배려하고 무엇보다 서로에게 피해가 되지 않기를 바랐다.

여러 가능성들 가운데 내린 결론은 도전이었다. 여기까지 왔는데 포기할 수 있겠느냐 하는 것이다. 만약 정말로 문제가 발생한다면 그때 다시 이야기를 나누자고 매듭을 지었다. 형님을 포함해서 우리 일행이 정말 무사히 산행을 잘 마칠 수 있기를 간절히 바라고 또 바랐다.

오늘도 여전히 오르막과 내리막길과 돌길의 반복이었다. 다운 시누와에 있는 작은 롯지에 사는 한 가족을 만났다. 엄마와 아빠 그리고 딸이 함께 살고 있었다. 여기는 어딜 가든 이런 아이들을 쉽게 만날 수 있다. 집에서 부모님과 함께 지내는 아이들. 당연할지도 모른다. 어린아이들이 갈 곳이 없다. 우리나라와 그 느낌이 사뭇 다르다. 우리나라는 어린아이가 있는 집도 보기 힘들고, 집에서 부모님과 함께 지내는 아이들은 더욱 보기 힘들다.

태어나자마자 엄마 젖도 떼지 않은 채 어린이집으로 후송된다. 부모들이 돈을 벌어야 한다는 이유로. 내가 낳은 자식이기는 하지만, 다른 사람들의 손에 큰다. 부모는 아이를 키우는 대신 돈을 키운다. 그리고 그 돈이 아이를 위한 것이라고 생각한다. 이해가 전혀 안 되는 건 아니지만, 그래도 어딘가 모르게 이상하다. 자기 자식을 부모가 키우기 어렵게 만드는 나라. 부모가 자식 대신 돈을 키우지 않으면 안 되는 나라. 자녀를 많이 낳으라고 요구하지만 막상 그렇게 할 수 없는 나라. 어느 집엘 가나 어린아이들의 웃음소리, 울음소리가 들리는 이곳에 마음이 더 간다.

너무 오르막 내리막이 반복되니 그냥 길을 일직선으로 만들면 안 되냐고 말도 안 되는 푸념을 하자, 짐라스(Jimras)가 오르막 내리막길이 곧 인생과 닮았고 이것이 트레킹이 아니겠냐는 멋진 대답을 한다. 우문현답이다.

걷기도 힘든 이 길에 놓은 돌길에 대해서 짐라스에게 물었다. 불과 5-6년 전에 안나푸르나를 관리·유지하는 사람들이 놓았다고 한다. 우리가 내는 퍼밋(Permit), 입장료(?) 등으로 관리한단다. 비싼 이유가 있다. 사람들의 안전하고 즐거운 산행을 위한 그들의 엄청난 노력들이 있었기에 지금 내가 걸어갈 수 있는 것이다. 엄밀히 말해 그냥 무심코 밟고 지나갈 수 있는 돌이 하나도 없다. 그들의 흔적들을 곳곳에서 볼 수 있다. 벼랑 끝에 안전을 위해서 설치된 밧줄을 보며 잠시나마 그들에게 감사한 마음을 느낀다. 이런 생각들을 하며 오르니 어느덧 오후다. 어제처럼 또 많은 구름이 몰려온다. 하늘은 군데군데 파랗지만 빗방울도 함께 떨어진다.

한참을 내려왔다가 다시 한참을 올라가야 만나는 업 시누와에서 잠시 휴식을 취하면서 한국 음악을 들으며 고단함을 웃음으로 서로 바꾼다. 어깨춤을 추며, 선글라스를 번갈아 써 가며, 시원한 바람과 시원한 웃음으로 잠깐의 휴식을 공유한다. 그렇게 뱀부에 도착했다. 주위에 대나무가 많아서 뱀부란다. 날씨가 제법 쌀쌀하다. 도착하자마자 익숙하게 짐을 풀고 빨랫줄에 양말과 웃옷을 걸어 둔다. 촘롱에서 머문 롯지에 불필요한 짐을 모두 맡겨 두고 왔다. 가방의 무게가 많이 줄어들었다.

누군가 말했다. 여행 할 때 챙겨 온 짐의 무게는 이전 삶에 대한 미련의 무게와 비례한다고. 나 역시 많은 미련들이 있었나 보다. 필요할 것이라 챙겨 온 것들 중에 적지 않은 부분을 덜어 두고서도 별다른 불편함이 없다. 막상 없으면 불편하고 어려울 것이라 생각이 들지만, 실제로는 그렇지 않을 때가 많다. 마치 언젠가 신을 것이라고 놓아 둔 신발장의 신발을 까마득히 잊어버리고 살아도 별 문제가 없는 것처럼 말이다. 이제는 확실히 무엇이 필요하고 불필요한지를 알겠다. 인생에 있어서도 무엇이 필요하고 무엇이 불필요한지를 잘 알았으면 좋겠다.

안녕, 꼬마야!

너무나 귀엽고 예쁜 히말라야의 아이들

#31   7시에 일어나 간단히 식사를 마쳤다. 오늘은 MBC
(마차푸차레 베이스캠프. 해발 3,700m)까지 도전이다.
그동안 너무 천천히 올라온 것도 있고, 내려갈 날을 생각해서도
조금 무리가 있지만 도전해 본다.

9시 출발. 화창하지만 엄청나게 추운 날씨다. 주위가 온통 눈
이다. 아침을 너무 간단히 먹은 탓인지 도중에 힘이 딸려 혼이 났
다. 다리가 후들거리는 느낌이 들 정도였다. 세면대에 물이 빠지
듯 온몸의 기운이 쭉쭉 빠져나간다. 중간중간 초콜릿으로 보충했
지만 여전히 허기진 배는 정신을 못 차린다. 주린 배 때문인지 머
릿속에서도 어차피 내려올 산을 왜 이렇게 힘들게 올라가고 있는
지 수없이 질문한다. 왜 올라가려고 하지? 왜 올라가고 있지? 나
는 왜 여기에 있을까?

마치 엄청나게 추운 날씨에 달리기를 하는 느낌이다. 겉은 춥고
차가운데 몸 안은 뜨겁고 열이 난다. 코를 하도 훔쳐서 코 밑이 헐
었다. 입술 바르는 연고를 코 밑과 콧잔등에 문지르지만 연고보다
더 강력한 추위에 별 효과는 없어 보인다.

한 걸음 한 걸음 옮기다 보니 데우랄리에 도착했다. 배낭을 벗
어던지고 뜨거운 발을 식힌다. 계곡에는 눈이 녹아 흐르는 물이
엄청난 양을 자랑하며 무섭게 내달린다. 중간중간 얼음길이 있어
여전히 미끄럽고 위험하다. 넘어지면 한순간 많은 것이 달라질 태
세다.

구름과 히말라야. 이제 정말 가까워진 느낌이다

차가운 날씨, 따뜻한 차로 쌓인 피로를 달랜다

점심 때 채운 음식이 소화되면서 에너지로 바뀌나 보다. 연료계의 바늘이 FULL로 향한다. 다리에 힘이 실리고 어지럼 증세도 사라지고 크게 힘들지 않아졌다. 음식의 소중함을 온몸과 온 세포로 느끼는 순간이었다.

점심 후 MBC를 향해 등반을 시작한다. 이제부터는 정말 위험한 구간이다. 모든 팀원이 정해진 순서대로 일정하고 일사분란하게 움직이며, 위험한 구간을 먼의 지시에 따라 신속하게 탈출해야 한다. 눈사태도 빈번하고, 길도 매우 좁고 미끄럽다. 깊은 골짜기는 작은 실수도 용납지 않을 위엄을 뽐낸다. 2시간의 긴장감 넘치는 여정이 시작되었다!

하지만 약간의 문제가 발생했다. 막상 출발하려 했을 때 급작스럽게 기상상태가 악화되고, 형님의 몸 상태도 그다지 좋지 않았다. 먼은 잠시 고민했지만, 여러 가지 상황들로 미뤄 봤을 때 더 이상의 등반을 포기하고 데우랄리에서 하루 더 묵기로 결정했다. 방에 짐을 풀고 나오자, 아니나 다를까. 엄청난 구름이 롯지를 뒤덮었다. 5m 앞도 보이지 않을 만큼의 엄청난 안개와 구름이었다. 먼의 판단이 정확했던 것이다. 구름만큼이나 무서움도 엄습했다. 만약 등반 중 이런 날씨를 만났다면 매우 힘들고 위험한 상황에 처하게 되었을지도 모른다.

역시나 욕심은 금물이다. 솔직히 나는 내심 오늘 MBC까지 가고 싶은 마음이 있었고 또 은근히 그런 의견을 내비치기도 했다.

하지만 산에서의 욕심은 바로 큰 사고로 이어진다. 급하게 오르내리는 것 역시 위험하다. 늘 한 걸음 한 걸음씩, 천천히, 천천히. 그리고 늘 마음속으로 '괜찮아!'를 외치며 오르는 것이 산이다. 짐 라스가 나에게 수없이 해 준 말.

"Don't give up!", "you can!" 그리고 "(한국말로)괜찮아."

발걸음을 옮길 때마다, 힘이 들어 멈추고 싶을 때마다 마치 주문처럼 그렇게 내 뒤에서 되새겨 주었다. 그렇게 가장 많이 외운 말, "괜찮아. 천천히."

인생도 이렇게 살아가야 하는 것이 아닐까. 바로 이것이 안나푸르나의 여신이 나에게 준 교훈은 아닐까. 급하지 않게.

비록 남들이 나보다 더 빨리 정상에 다다랐다 할지라도, 비록 나보다 먼저 산행을 마쳤다 하더라도, 비록 나보다 훨씬 높이 올랐다 하더라도, 나는 이제야 올라가고 있다 해도 '괜찮아'. 등산은 앞서거니 뒤서거니 하며 그렇게 천천히 오르는 것. 누구보다 빨리 가는 것이 중요한 것이 아니다. 적어도 나에게는 달리기가 아니다. 내 옆을 오르내리는 사람들에게 웃으며 "나마스떼" 하며 두 손 모아 인사를 건네는 것, 나와 함께하는 사람들을 주의 깊게 챙기는 것. 그리고 한 걸음씩 묵묵히 나의 걸음을 내딛는 것. 오르락내리락 그렇게. 날씨가 좋지 않아도 괜찮아. 왜냐고?

내일이면 좋아질 테니까!

어느덧 ABC 코앞에 다가와 있는 나를 본다. 가슴 저 밑바닥부터 벅차 오른다.

늦은 밤이 되자 기적처럼 하늘이 맑아진다. 여전히 새벽에 일어나 홀로 작은 랜턴 빛에 의지해 별 사진을 담는다. 수만 개의 별빛 아래 혼자 서 있는 기분은 어떤 것으로도 표현할 수가 없다(너무 춥다!). 말 그대로 별 이불을 덮고 있는 느낌이다. 달빛이 밝음에도 별이 너무나 총명하다. '이 별들을 언제 또다시 만날 수 있을까?'라는 생각을 하며 그렇게 혼자서 아름답고 미치도록 추운 밤, 하나씩 하나씩 그 별들을 정성스레 주워 담는다.

#32 데우랄리에서 MBC를 거쳐 최종 목적지인 ABC로의 등반이다. 해가 뜨면 눈이 녹아 눈사태의 위험성이 커진단다. 그래서 해가 뜨기 전 위험한 구간을 지나기 위해 5시 30분에 기상해 분주하게 움직여 여정을 시작한다. 좋은 날씨와는 달리 가슴속은 여전히 긴장감으로 뭉쳐 있다.

예상대로 깎아지른 듯 가파르고 위험한 길의 연속이다. 중간중간 눈의 상태를 확인하고 먼의 지시에 따라 가다 서다를 반복했다. 바람이 매섭다. 골짜기 사이의 눈과 빙판, 극심한 추위도 나를 방해한다. 지금까지의 여정 가운데 가장 춥고 어려운 조건이다.

등산 도중에 일출을 만난다. 산과 산 사이로 강렬하게 뜨는 태

별로 수놓은 이불을 덮고서 눕는다

양. 하얀 눈에 그대로 반사되는 바람에 눈이 부셔 선글라스를 착용하지만 여전히 눈이 부실 정도로 아름답다. 설산의 풍경. 파란 하늘과 하얀 눈 그리고 뜨겁게 빛나는 태양이 숨 막히게 아름답다. 마치 멋진 엽서에 나온 장면, 그 안에 내가 있는 듯했다.

고도가 높아서인지 가슴이 약간 답답했으나 큰 문제는 아니었다. 그렇게 10시 10분, 중간 도착지인 MBC에 도착했다. 배고프면 고산 증세가 더 심할 수 있기 때문에 MBC에서 간단히 음식을 먹었다. 이제 두 시간만 더 가면 최종 목적지인 ABC다. 고도상 500m 정도 남은 것이다. 이제 정말로 코앞이다. 그런데 이상하게 기분은 점점 다운된다. 왜 그런지 잘 모르겠다. 왜 그럴까? 그래도 ABC를 향해 가자!

온통 새하얀 눈밭이다. 길은 아주 조금만 벗어나도 50-60㎝ 이상 빠지기 일쑤다. 등산 스틱을 꽂으면 그 모습이 통째로 사라져 버린다. 대략 폭 30㎝ 정도 되는 길만을 잘 따라서 걸어가야만 한다.

힘이 부친다. 내가 여기에 왜 왔는지 수천 번은 더 묻는다. ABC가 뭐길래. 굳이 오지 않아도 사는 데 아무런 지장도, 해도 없는 ABC 등반이다. 이렇게 숨이 차고 춥고 힘든 길을 왜 엄청난 비용과 시간을 들여가면서까지 왔을까. 애초에 계획에도 없었던 일정이다. 나도 그냥 무심코 오케이를 외친 것이 전부다. 머리가 지끈거린다. 한 발 한 발의 보폭이 현저히 줄어든다. 앞사람과 뒷사람과의 간격도 점점 더 벌어진다. 끝없이 펼쳐진 눈밭에 나 홀로 걷고 있다. 아무런 소리도 생각도 없어지는 순간이다.

이 세상에, 엄청난 자연 안에 나 혼자 남겨진 것 같은 공허함과 경이로움과 외로움과 짜릿함이 수없이 반복되며 겹친다. 강렬한 햇살에 얼굴이 익는 것은 대수, 내 모든 것까지 녹아 버릴 것 같다. 동시에 너무 추워 모든 게 얼어붙는 것 같다.

뒤에서는 또다시 엄청난 먹구름이 몰려온다. 모든 것을 삼켜 버릴 것 같은 검고 무거운 구름이다. 구름에 잡혀 먹히기 전에 걸음을 재촉한다. 내 거친 숨소리만이 정적을 깬다.

때로는 멀리 바라봐야 최종 목적지를 놓치지 않는다. 그러나 때로는 내 발 앞을 잘 살펴야 한다. 그렇지 않으면 발을 헛디뎌 위험해질 수 있다. 때로는 멀리, 또 때로는 가까이. 가장 중요한 것은 그런 멀고 가까운 시야와 함께 꾸준히 한 걸음 한 걸음을 내딛는 것이다. 바라만 보고 서 있어도 소용이 없다. 결국 내딛어야 한다. 나는 지금 내 삶에서 한 걸음씩 걷고 있는 것일까, 아니면 힘들다고 주저앉아 있는 것일까. 때로는 구름이 몰려와 아무것도 보이지 않을 때도 있다. 그래도 걷는다.

오후 1시 40분. 드디어 최종 목적지인 ABC에 도착!
가슴 벅참과 허무함이 교차한다. 목적 달성했다는 가슴 벅참과,

더 이상 오를 수 없다는 허무함. 목적의 달성은 이 두 가지를 늘 동시에 수반한다. 그래서 기쁘기도 하고 동시에 슬프기도 하다. 참으로 아이러니하다. 그렇게 죽을 듯 살 듯 달려왔는데 와서 보니 이 두 가지가 나를 기다리고 있다.

　사제(司祭)도 그랬던 것일까. 10여 년을 공부하고 준비하며(물론 도중에 많은 어려움들이 있었지만) 어찌어찌 다행히도 내 능력 밖의 엄청난 은총을 받았다. 그런데 막상 사제가 되고 1년이 지난 후 내 머릿속은 먹구름이 피어오르듯 엄청난 생각에 휩싸였다.

　이게 뭐지? 이게 맞나?

　사제의 삶은 누가 뭐래도 숭고하고 가치 있다. 그러나 내 안에 있던 이상과 기대와는 너무나도 달랐다. 현실만을 탓하는 것은 결코 아니다. 내 안에서도 밖에서도 셀 수 없는, 수많은 문제들이 있었다. 무기력해졌다. 열정을 찾고 싶었다. 그 삶에 목숨을 걸 만큼 뜨겁게 살고 싶지만 이상하게도 힘은 점점 더 빠져나갈 뿐이다. 무엇이 문제인지, 무엇이 잘못되었는지, 어디서부터 시작해야 하는지 되묻지만 돌아오는 답은 막연할 뿐이었다. 내가 정말 꿈꾸던 것은 '사제적인 삶'이었을까. 아니면 '사제의 삶'이었을까. 아니면 그 둘 모두도 아니었을까. 너무나 뜨거워 모든 것이 순식간에 타버리고 아무것도 남지 않은 듯한 기분이 들었던 이유는 무엇이었을까.

4,130m라는 숫자가 나를 반긴다

　이상하게도 가슴 벅참 보다 공허힘으로 점점 더 빨려 들어간다. 가슴 벅참을 더 느껴 보려 하지만, 아무도 모르게 그렇게 내 마음은 점점 더 무거워져 가고 있었다. 그리고 그런 나는 지금 여기 ABC에 서 있다. 너무나 추운 ABC다.

　차가운 바람이 거세다.

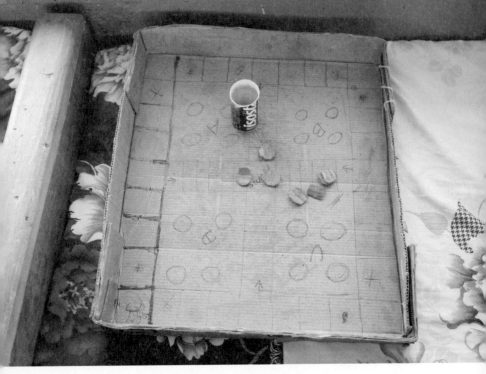

짐라스와 함께한 퍼즐 게임판

롯지에 둘러앉아 옹기종기 이야기도 나누고 일기도 정리하고 짐
라스와 보드게임, 카드게임도 함께 즐겼다. 박스로 대충 만들어
그린 보드 게임판. 우리나라의 윷놀이와 비슷하다. 다만 차이가
있다면, 윷 대신 주사위를 던진다는 점이다. 결과는 나의 승리!
짐라스는 크게 웃는다.

보기 드물게 헐어 있는 카드였지만, 우리는 카드 하나로 모두가
웃고 울며 ABC에서의 시간이 그렇게 깊어 갔다. 해발 4,000m에
서 웃음꽃이 핀다. 그리고 달빛 밝은 밤하늘이 나의 어쭙잖은 모
든 고민들까지 덮어 준다.

본래 고산에서 잠을 많이 자면 위험하다고 한다. 그러나 나는 저녁 7시에 바로 침낭 속으로 들어간다. 밖에 돌아다닐 수 없을 만큼 춥기 때문이다. 많이 자면 안 된다고 했지만, 나는 아프지도 않고 다음 날까지 너무나 잘 잤다. 다행이다. 처음에는 약간의 두통이 있었지만, 아침에는 말끔히 사라졌다. 일찍 잔 탓에 새벽 4시 30분에 눈이 떠졌다. 일어나 대충 사진기를 챙겨 나간다. 정말 춥다. 춥다는 말보다 진정한 차가움, 그 한 가운데 있는 듯했다.

하지만 그 모든 차가움과 추위를 잊게 할 만큼 엄청난 장면이 내 눈앞에 펼쳐졌다! 너무나 황홀했다. 고요하지만 아름답고 웅장한 ABC의 달빛과 별빛이 그린 풍경. 그리고 사진기를 들고 서 있는 나. 오직 이 세상에 나만이 그렇게 존재하고 있고, 모든 것이 다 살아 숨 쉬고 있다.

눈에 비치는 달도 별도 구름도 모두 다. 그렇게 함께 호흡하고 있었다. 그 가운데 내가 서 있다!

내 여행에서 최고의 풍경 사진을 바로 이 순간 만날 수 있었고, 안나푸르나는 나에게 그것을 평생 잊을 수도, 잃어버릴 수도 없는 선물로 주었다.

시시각각 변하는 안나푸르나의 날씨

#33 히말라야에서 만났던 밤하늘은 정말 평생 잊을 수 없는 순간들이었다.

안나푸르나에서 만난 잊지 못할 밤하늘과 별들
죽을 때까지 잊을 수 없다

안나푸르나가 나에게 선물해 준 최고의 한 장이다
참고로 저건 해가 아니라 달이다

#34 화창한 아침이다. 긴 오름의 여정도 이제 모두 끝이 났다. 앞으로는 하산이다. 허무함도, 가슴 벅참도 이제 ABC에 묻어둘 시간이다. 왜 올라와야 하는지 수없이 던진 그 질문에 대한 답을 나는 찾았을까. 꼭 지금 단번에 찾아야 하는 것은 아닐지도 모른다. 살다 보면, 또 살아가다 보면 언젠가 그 답을 찾게 될지도. 혹은 언젠가 그 답이 나를 찾아올지도.

답을 만나게 될 그날을 기대하면서, 그리고 이미 내 안에서 찾은 답과 함께 하산의 첫발을 내딛는다. 이제 나는 내려오는 사람들을 부러워하는 것이 아니라, 올라가야 할 사람들의 부러움을 받을 것이다. 내가 수없이 그랬듯이.

내려가는 것은 언제나 무릎과 허리에 많은 부담을 준다. 등산 스틱을 잘 사용하면 무릎의 부담이 20-30% 정도 줄어든다고 한다. 그래도 힘든 건 여전하다. 친절하게 오른쪽과 왼쪽 무릎이 번갈아

일정을 마쳤다. 허가증에 도장이 찍히다!

가며 통증을 호소한다. 그래도 동시에 아프지 않은 것에 감사하

선글라스를 써도 눈이 부시다

다. 허벅지, 종아리, 무릎, 어깨. 아프지 않은 곳이 없다. 일행
에서 점점 뒤로 쳐진다. 그러나 급하게 마음먹지 않으려 애쓴다.
올라가던 때처럼 천천히 한 걸음 한 걸음 나에게 주문을 건다.
"비―스따리, 비―스따리(Bistari, 네팔어로 천천히라는 뜻)."

이런저런 생각을 하다 몇 번이나 발을 헛디뎠다. 다행히 크게
다치지는 않았지만 가슴 철렁할 때가 많았다. 내리막길은 오르막
길보다 훨씬 더 힘들고 위험하다.

7박8일에 걸쳐 올라간 산행을 1박2일 만에 내려가는 일정. 오늘이 산에서의 마지막 밤이다. 내 인생에 있어 아주 오래도록 기억에 남을 그런 시간임에 틀림이 없다. 당분간, 아니 어쩌면 죽을 때까지 오지 못할 히말라야에서의 시간들을 되돌아본다. 기분이 이상하다. 엄청난 자연 안에 그리고 그 앞에 서 있는 나의 모습을 아주 선명히 기억할 것이다.

짐라스와 언제나 그랬듯 하산할 때에도 이런저런 이야기들을 많이 나누었다. 등산이 힘들지 않느냐는 물음에 네팔에서는 더 힘든 일들도 많이 있다는 답이 돌아온다. 함께 산행을 하면서 단 한 번도 짜증내는 기색 없이 언제나 힘을 주는 짐라스의 모습. 진솔하면서도 진지하고 순박한 웃음을 지닌 그의 모습도 아마 이 안나푸르나를 닮은 모습일 것이다. 나의 짧은 영어 실력이 못내 아쉬움으로 남는다. 영어를 조금만 더 잘했더라면 더 깊은 대화와 진솔한 이야기들을 나눌 수 있었을 텐데.

순간순간 힘이 들고, 땀이 흐르고, 무릎이 아프고, 눈이 시리고, 손발이 너무 차가워 포기하고 싶을 때, 비록 누군가 나를 도와줄 수는 있어도 나의 몸뚱이는 내 것이라는 아주 명확하고도 단순한 사실을 배운다. 결국 내 몸을 움직이는 것은 나의 의지와 내 뜻에 달린 것이다. 어쩌면 너무나 당연한 이 사실을 한 번 더 깨닫기 위해 안나푸르나에 오른 것은 아닐까.

ABC에서 찍은 사진을 오래도록 걸어 두고 싶다. 그리고 두고 두고 지금의 이 느낌을 기억할 것이다. 나와 우리와 함께했던 모든 이들, 모든 시간들까지도.

안녕! 히말라야에서의 마지막의 밤!
잊지 않을게. 평생토록!

산 밑에서 만난 꼬마아이의 웃음이 마치 나에게 수고했다고 다독여 주는 듯 하다.

#35 다시 포카라에 돌아왔다. 그것도 모두가 무사히!

하산 후 숙소에서 우리는 모두 뜨거운 포옹과 기쁨의 술잔을 나누었다. 정말로 기쁨과 즐거움이 가득 감긴 술잔이었다. 어깨동무를 하고 노래를 부르고 춤을 추었다. 모두가 너무 즐겁고 기뻐했다. 그리고 그만큼 아쉬움이 가득했다.

산에서 적은 메모들과 사진들을 정리하고, 옅은 저녁노을이

너저분하지만, 마음만큼은 너무나도 편했던 숙소

지는 페와호수를 따라 하염없이 걷다, 문득 마음이 끌리는 작은 찻집에 들러 허니 티 한 잔을 시켜 놓고, 지나가는 사람들과 아이들과 호수에 그림을 그리며 흘러가는 배들을 바라보면서, 잠시 생각에 잠기기도 하며 몸의 피로도 그렇게 조금씩 풀려 갔다. 세상의 모든 근심 걱정이 페와호수 안으로 조용히 가라앉는 듯하다.

공놀이를 하는 마을의 아이들

노을 지는 페와호수

자전거 타는 아이의 웃음이 예쁘다

#36 휴식, 힐링이란, 내가 짊어지고 있는, 내 손에 들려 있는 수많은 짐들을 잠시 내려놓고, 또 내가 그동안 뚫어지게 쳐다보던 것들에서 잠시 눈을 돌려 다른 곳, 더 멀리 있는 곳, 새로운 곳으로 시선을 돌리는 것이 아닐까.

물론 모든 여행이 다시 돌아가야 하는 숙명을 떠안고 시작하는 것이고, 현실이라는 바탕에서 결코 벗어날 수 없는 우리들의 삶이지만, 오히려 그렇기에 이런 휴식의 시간, 여행이 더 소중하고 간절히 필요한 것이 아닐까 싶다.

시간에 맞춰 이동하고, 여러 사람들과 함께 다니고, 여러 곳에서 사진을 찍는 것도 여행이겠지만, 정해진 시간도 계획도 없이 눈이 떠지는 대로, 그날 무엇을 먹을지를 가장 먼저 생각하는 것. 이것도 역시 여행이다.

나 역시 다시 돌아갈 곳, 동시에 그곳에서 직면하게 될 수많은 도전들을 지금은 알 수 없지만, 그저 호수 위를 날아가는 새들처럼 지금은 그렇게 날고 있는 느낌이다.

포카라에서의 시간을 일일이 다 나열할 순 없다. 아니, 정확히 말해서 그런 것은 별로 의미가 없다. 작은 맛집들을 찾아가며 맛있는 음식을 맛보고, 그곳에 있는 사람들과 이야기를 나누고,

역시 손으로 먹어야 제 맛이다

얼굴도 동글, 눈도 동글, 코도 동글. 그녈 바라보는 나의 마음도 동글

가벼운 술잔을 부딪치고, 새로운 것들을 발견했을 때의 놀라움과 기쁨을 기억하는 곳. 그런 것들이 조금 익숙해질 쯤, 집에서 먹는 듯한 한국 음식섬을 찾아 가끔 나의 한국적 미각을 소생시켜 주는 곳, 그리고 터질 것 같은 배를 문지르며 흐뭇한 미소와 함께 그곳을 다시 찾겠다는 다짐을 하며 나서는 곳. 그곳이 바로 포카라이다.

포카라는 쉼표 혹은 숨표다. 수많은 사람들이 어떤 곳에서, 어떤 식으로, 어떤 이유로 여기 포카라에 오게 되었는지는 모르지만, 적어도 내가 보기에 그들의 목적은 하나다. 인생이라는 각자의 악보에 쉼표를, 자신의 이야기의 숨표를 찍기 위해서다.

듬성듬성 풀들이 자란 작은 흙밭 운동장에서 뛰어노는 아이들과, 한편에 앉아서 그 아이를 바라보는 엄마와, 수많은 여행객들과 그들의 시선을 원하는 액세서리 파는 여인들까지, 이 모두가 포카라이다.

 # 37 이제 잠시의 휴식도 끝이 나고, 나는 곧 다른 곳으로 이동하게 될 것이다. 아직 어디로 갈지, 또 언제 갈지 정해진 것은 없지만 떠남은 언제나 기분 좋은 긴장과 떨림을 가져다준다. 페와호수에 어둠이 내리고 강 건너편 집들이 하나둘 별들로 바뀌어 갈 때, 길거리의 모닥불 역시 여러 마리의 불나방이 되어 공기 중으로 사라진다. 나 역시 그런 불나방이 되어 어디론가 어지럽게 날아갈 것 같다. 아무도 모르는 곳, 전혀 가 보지 않은 곳, 다시는 오지 않을 것만 같은 그런 시간으로 말이다.

정원에서 정리 중인 아주머니

잊지 못할 포카라

페와호수와 한 여인

30년 인생에서의 처음, 그리고 왠지 마지막일 것 같은 이번 여행을 페와호수에서 다시 한 번 비우고 정리하며 새롭게 담는다.

"Just Pokhara! Only Pokhara!"
and,
"Happy Valentine!"

#38 누군가 나에게 여행에 대해서 물었다. 자기는 여행을 시작할 때 생각들이 많았다고. 나는 이번 여행을 시작할 때 아무것도 없었다. 정말 말 그대로 'Nothing'. 어떤 예상도, 기대도, 얻고자 하는 것도. 심지어는 돌아갈 비행기 표도 없었다.

새로운 것을 담기 위해서는 먼저 비워야 한다. 그게 나의 이번 여행이다. 머리도, 생각도, 경험도, 느낌도, 몸도, 마음도, 내가 가진 모든 것을 비우고 처음부터 시작하는 것. 내 안의 것들을 모두 비우고 출발선으로 돌아가는 것. 그래서 전혀 새로운 것들로, 전혀 새로운 길로 다시 달리는 것.

사진도 어쩌면 '비우기의 예술'이다. 손바닥만 한 인화지 위에 수만 가지 것들로 채우는 것이 아니라, 오히려 비워 낼 때 더 좋은 사진이 되는 것 같다. 물론 나도 아직 어떻게 비우느냐 하는 것에 대해서는 잘 알지 못한다. 그냥 그래야 할 것 같다는 느낌뿐이다.

나에게 여행이란?

의미 있는 '비움'이자, 새로움을 향한 더 새로운 '출발선'이다.

#39   일주일 이상 포카라 시내에 머물러 보니 이제 더 이
      상 발로 걸어서 갈 데가 없다. 그래서 생각해 낸 것
이 스쿠터!!

스쿠터를 타고 그동안 너무 멀어 가지 못했던 우체국으로 향한
다. 서점에서 산 엽서를 보내기 위해서다. 부모님께 한 장, 친구
에게 한 장. 안나푸르나의 설경이 찍힌 엽서가 매우 마음에 든다.
얼마 만에 써 보는 엽서인지.

그런데 오늘은 네팔의 설날, 곧 시바신의 탄생을 축하하는 날이
라 축제 분위기와 더불어 여러 관공서들이 쉰단다. 멀리까지 왔는
데 가는 날이 장날이다. 어쩔 수 없이 서점에 있는 우체통을 이용
하기로 하고 다시 핸들을 돌린다.

지도에 나와 있는 이런저런 곳들을 스쿠터를 다고 돌아다니니
시간도 절약되고, 즐거움도 더 컸다. 그동안 포카라에서 머물렀
지만, 도보로는 가 보지 못했던 곳들, 박물관, 대학교, 알 수 없
는 큰 병원 등을 하루 종일 돌아다녔다. 물론 그동안 온몸은 먼지
와 매연으로 뒤덮였지만. 즐거웠다.

밤이 되니 길 중간중간에 나무들을 쌓아 두고 불을 피우고 사람
들이 함께 둘러 모여 있다. 그런데 이상한 것은 어른들이고 아이

엽서를 보낸 편지함   우체국에 있던 오래된 우체통

들이고 나뭇가지 같은 기다란 막대기를 들고 다니는 것이었다. 나
중에 알았지만 그것은 사탕수수였다. 사탕수수를 불에 넣어서 얼
마 동안 태운 다음 그것을 힘껏 땅에 내려치면 '펑!' 하고 엄청난
소리와 함께 연기가 피어오른다. 마치 뻥튀기 기계가 폭발하는 정
도의 소리다. 그리고 단단했던 사탕수수는 터져서 흔적도 없이 날
아간다. 그리고 날아간 사탕수수 조각을 찾아 껍질을 벗기고 입에
넣어 씹으면 입안에 엄청나게 뜨거운 달콤함이 퍼진다.

그러던 중 한국인 여행객들을 만나 자신들의 숙소로 초대받았다. 오랜만에 우리나라 여행객들과 함께 술잔을 기울이며 자신들의 여행 이야기, 삶의 이야기들은 나눈다. 누구는 영어를 잘하고, 누구는 춤을 잘 추고, 누구는 술을 잘 마시고. 모두가 다 다르다. 틀린 것이 아니라 다르다. 적어도 그 순간, 좋고 나쁨도 높고 낮음도 옳고 그름도 없다. 누군가의 한마디가 누군가의 삶을 바꿀 수도 있고, 누군가의 작은 경험담이 또 다른 누군가의 삶에 큰 의미로 다가올 수도 있다. 그렇게 서로의 삶을 공유하고 나누며 또 각자 나름의 삶은 그대로 아름답고 의미가 있음을 배운다.

그들과 하나 되어 나도 춤을 춘다

인상적이던 그들의 축제에 나도 함께 물든다

어느 때보다도 더 뜨거웠던 밤

진지한 모습으로 사탕수수를 태우고 있는 여자아이

정말 자주 갔던 숙소 옆 식당의 주인아저씨

#40 언제나 그랬던 것처럼, 마치 약속이나 한 것처럼,
비슷한 시간에 같은 식당에 가서 같은 메뉴와 같은
커피를 주문한다. 아빠와 엄마와 딸들이 운영하는 허름하고 크지
않은 식당이지만, 맛은 참 좋다. 물론 주문한 메뉴가 주방까지 잘
전달되지 않아 한참지나 다시 물어 재주문이 들어가는 일도 빈번
한 그런 가족(?) 같은 분위기의 식당이다. 그런데 손님 중에 전에
초대받았던 한인 게스트 하우스에서 머무시는 형님을 만났다. 그
분이 만두를 빚어 먹을거니 같이 가자고 하신다. 원래는 어제 빚

는다는 소식을 들었지만 비가 너무 와서 가지 못했다. 그런데 거기도 하루 연기해서 오늘 만두를 빚는단다. 잠시의 고민도 없이 바로 그곳으로 향한다!

전에 봤던 사람들과 또 새로운 사람들이 함께 모여 막 만두를 빚고 있었다. 네팔 포카라에서 고기소와 김칫소를 채우며 만두를 빚고 있다니. 빚을 수, 아니 믿을 수 없다. 제각기 이런 모양 저런 모양으로, 이런 방법 저런 방법으로 서양인 한국인 할 것 없이 손에 밀가루를 묻혀 가며 열심히 만두를 빚는다. 나중에는 고추 속을 드러내고 거기에 만두소를 채워 고추만두도 만들었다.

포카라에서 빚은 새해 송편과 만두

페와호수와 포카라의 야경

시원한 맥주 한 잔이 정말로 맛있다

배가 고픈 만큼 엄청난 집중력과 속도로 만두를 모두 빚고 춤과 흥이 많은 주방장 아저씨의 도움으로 세상 최고로 맛있는 만둣국이 완성되었다. 압력밥솥의 쌀밥과 시큼 달달한 배추김치는 지금의 순간을 행복하게 해 주기에 충분했다.

저녁에는 바비큐 파티! 얼마 만에 만나는 고기다운 고기다운가! 술잔에는 술이 아니라 우리 모두의 가슴에 있는 뜨거움을 담아 마신다.

이 시간을, 우리를 위하여! 지금을 위하여! 건배!

 # 41 　이제 정든 포카라를 떠날 시간이 다가왔다. 자주 갔던 식당과 슈퍼 아저씨께도 인사를 드리고, 숙소 엄마 아빠에게도 모두 인사를 드린다. 마치 아들이 어디로 떠나가듯이 문 앞까지 나오셔서 손을 흔들어 주신다. 기약 없는 다시 만날 날을 약속하며.

처음 왔을 때처럼 화창한 날씨다. 새로운 사람들, 새로운 기분, 새로운 느낌들, 그리고 잊을 수 없는 기억을 준 포카라, 안녕.

네가 그리울 거야.

아주 많이.

자전거 타는 아이들

숙소를 통하는 길이 왠지 정겹다

나마스떼!(내 안에 있는 신이 당신 안에 있는 신에게 인사를 드립니다)

아름다운 연인의 뒷모습

PART 03

다시

인도로

#42-5일

#42 이제 17시간의 국경 이동과 5시간의 맥그로드 간즈를 향한 여정이 시작된다. 가자! 다시 새로운 곳으로 나를 내던지자. 그러면 거기에서 또 다른 새로움이 여지없이 시작될 것이다. 두 병의 물과 한 통의 휴지와 약간의 빵만 있다면, 노프라블럼!

그런데……. 17시간 동안 우리를 실어다 줄 버스가 도착하자마자 어떤 여성이 창문을 열고 구토를 한다. 우웩! 왠지 머지않아 나의 모습이 될 것 같은 불길한 예감이 들었다.

아니나 다를까. 비좁은 좌석과 말할 수 없는 열악한 환경이었다. 시내를 간신히 빠져나간 버스는 곧 롤러코스터로 돌변했다. 알 수 없는 희한한 노래는 귀를 괴롭히고, 온몸은 이리저리 튀었다. 안대를 써 보지만 이 버스에서 잠을 잔다는 건 나이트클럽에서 공부를 한다는 것이오, 디스코 팡팡 위에서 다기에 차를 나눠 마시는 것과 같았다. 진짜 신기한 건 버스가 부서지지 않는다는 것이다. 그래도 스스로에게 앞으로 16시간 반만 가면 된다는 이상한 주문을 건다.

원래 의자의 등받이는 각도가 조절되지만, 그나마도 고장이라 90도와 120도 둘 중에 하나만 선택할 수 있다. 안타깝게도 뒷사람이 있어 나는 둘 중에 90도만을 선택할 수밖에 없었다. 흔들리는 버스에서 참선을 하는 자세로.

천장에 머리를 두어 번 받고 나서 문득 이런 생각이 들었다. 이

버스 티켓을 파는 창구

상상도 할 수 없는(하기 싫은) 버스 여행

버스, 맞게 가고 있나? 설마 발음을 잘못 알아들어 다른 곳으로 가는 것은 아닌가??

급하게 스마트폰의 GPS를 켜서 한참 만에 버스의 위치를 찾았다. 그런데 이게 웬걸! 목적지는 포카라에서 북서쪽에 있는데, 버스는 정반대인 남동쪽으로 이동하고 있었다!!!

오!!! 마이!!! 갓!!!!!!!! 이게 어찌된 일인가!! 맘은 급하고 흔들리는 버스 안에서 자판은 오타나기 일쑤다. 대충 핸드폰의 지도를 들고 버스 안내원(?) 아저씨께 가서 한 번 더 행선지에 대해서 여쭈었다.

알고 보니 내가 생각한 코스는 포카라에서 직선으로 가는 것이었고, 이 버스는 한참을 돌아가는 것이었다. 그것도 정반대로. 그래, 버스가 비행기도 아니고 땅을 직선으로 갈 리가 만무하다. 그래도 이렇게 많이 돌아갈 줄이야! 갑자기 울고 싶어진다.

버스에서 일어나는 놀라운 일들 중에 하나는 이런 버스에서도 잠이 든다는 것이다. 사람은 적응의 동물이라고 했던가! 어찌어찌 해서 잠이 든다. 그런데 문제는 새벽이다. 도저히 추워서 잠을 잘 수가 없다. 바람이 새는 정도가 아니라 아예 창문을 열고 달린다. 이 사람들은 춥지도 않나?

3-4시간 정도씩 달리다 휴게소 같은 데서 잠시 쉬며 간단히 요기도 하고 화장실도 간다. 말이 휴게소지, 그냥 길가에 버스 몇 대가 서 있고, 매점 같은 데서 사람들이 모여 무엇인가를 먹는다.

네팔에서 마지막 날이라 돈이 없다. 큰일이다. 배가 고프다.

　밤이 깊어 가도 여전히 버스 안이다. 지도상으로는 참으로 많이 달려 왔지만 아직도 남은 길이 너 넓다. 살기 위해 잠을 자야 한다. 그래도 다행인 건 나는 어디서든 잠은 잘 잔다는 점이다. 이런 특별한 특기를 주신 부모님께 감사한 마음이 들었다. 이제 한 번만 더 잠들고 깨면 도착해 있기를 간절히 바라고 또 바랐다. 얼어 죽기 전에, 내 몸뚱어리가 제대로 붙어 있을 동안 도착하고 싶다. 내가 여기에 왜 왔을까! 그래도 밤하늘의 별은 총총하다.

깊은 밤, 허기를 달래기 위해 잠시 정차한다. 그런데 돈이 없네?

버스 여행 중에 만난 일출

#43 버스에 탄 지 18시간째. 창밖이 환해지고 있다. 날이 밝고 있다. 잠깐잠깐 잠이 든 순간에도 많은 사람들이 타고 내렸다. 그리고 나 역시 여전히 타고 있다. 지도상으로 대략 50㎞ 정도 남았지만 시간은 알 수 없다. 날씨가 춥다. 더 껴입을 옷도, 여분의 돈도 없다. 그래서 더 춥다.

추위에 뇌까지 얼어 버리는 게 아닐까 하고 걱정을 하고 있을 때쯤, 다행히 버스는 도착했다. 아! 이제 국경을 넘어야 한다. 여기서부터는 릭샤를 타고 국경 근처로 가야 한다. 아니나 다를까, 릭샤꾼들이 터무니없는 값을 부르며 달려든다. 이번 릭샤꾼들은 만만치가 않다. 딱히 다른 교통수단이 없다는 점을 노려 아주 막무가내다. 흥정이란 설대 없다. 욕이 목구멍까지 올라온다. 비싼 돈을 주고 타느냐 아니면 7km를 걸어가느냐 하는 선택을 해야 한다. 무거운 배낭을 들고서 얼마나 씨름을 했을까. 그때 마침 지프차 한 대가 옆을 지나간다. 나는 즉시 지프차를 세우고 거의 우는 얼굴로 사정을 말하고, 가격을 확인한 후 바로 짐과 몸을 던져 넣었다. 그러자 곧바로 릭샤꾼들이 그 지프차를 막는다. 이런 무서운 놈들!! 이미 지프차 안에는 인도분들이 타고 계셨다. 다행히 그 안에 어떤 아주머니의 도움으로 무사히 릭샤꾼들을 무찌를 수 있었다. 에잇! 이 나쁜 놈들아!!

여러 번의 체크 끝에 드리어 국경에 다다랐지만 차가 통과할 수 있는 문이 아직 열리지 않았단다! 별수를 써 보았지만 실패. 나는 다시 배낭을 지고 국경을 걸어서 건넌다.

어렵사리 반바사

다시 인도로 들어가기 위한 출입국 관리소

에 도착했는데, 더 큰 문제가 기다리고 있었다. 애초 목적지였던 맥그로드 간즈로 가는 버스는 있지도 않는다!!! 그리고 맥그로드 간즈로 갈 수 있는 버스를 탈 수 있는 곳까지 무려 10시간을 더 가야한다!! 그곳은 바로 하리드와르라는 도시다. 허기와 멘탈 붕괴가 겹쳐 아무 말도, 아무 것도 할 수 없었다. 이 사람에게 물으면 A라 하고, 저 사람한테 물으면 B라 한다. 스마트폰 유심도 말썽이라 검색도 안 된다. 아, 울고 싶다.

어찌어찌해서 결정한 건 하리드와르행 10시간 버스! 누가 네팔 국경에서 맥그로드 간즈까지 3시간이라고 했던가!! 지나가는 한국 여행객의 잘못된 정보도 문제지만, 생각 없이 너무 맹신했던 나의 탓도 크다. 달밧 먹고 힘내서 다시 10시간행 버스다! 태양이 뜨겁다! 내 속도 타들어 간다!

버스 6시간째. 또 다시 창밖으로 해가 뉘엿뉘엿 넘어간다. 미친 듯이 북인도를 후비고 들어가는 데도 지도상으로는 별다른 차이가 없다. 여전히 쉬지 않는 하이톤의 경적과 소음, 먼

결혼식 행렬로 온 도로가 정체다. 하지만 노프라블럼!

진짜 '절망'이 무엇인지 느낄 수 있었던 장소. 정말 미치는 줄 알았다

지, 호객꾼들은 계속된다. 하리드와르가 이제 4시간 정도 남았다. 도착하면 어두운 밤일 텐데 숙소도 걱정이다. 어찌 되었건 버스에서 내려서 좀 걷고 싶다. 거의 30시간 가까이 버스에 앉아 있다. 좀만 더 앉아 있다가는 걷는 기능이 퇴화돼 버릴 것만 같다. 억지로 잠을 청해 보지만 기껏해야 한 시간 정도 후에 깨고 만다.

아, 지금까지 여행 중 가장 큰 실수다. 그래도 어쩔 수 있겠는가! 버스는 나와 내 짐을 싣고 석양 속으로 달리고 있을 뿐이다. 이번 실수를 배움 삼아 다음에는 결코 반복하지 않으리. 사람이

몸으로 배우면 죽을 때까지 잊지 않는다고, 이번 여행이 끝나도 오래도록 몸에 새겨져 있을 것 같다. 버스야, 더 빨리 달려다오! 엉덩이가 울부짖는 소리가 들린다.

버스에서 일몰, 일출, 일몰, 월출, 그리고 밤하늘의 별까지 보고서야 하리드와르에 도착했다. 차는 어찌나 막히고 또 중간에 쉬기는 왜 이렇게도 많이 쉬는지, 해가 지고서는 거의 한 시간마다 휴게소에 들른 듯하다. 지나오는 도시에서는 결혼식 행렬과 만나 한참을 서 있었다. 차와 사람들이 완전히 뒤섞여 올 스톱이다. 출발하는 시간은 정해져 있어도 도착하는 시간은 정해져 있지 않는 나라! 버스도 사람도 그저 흘러가는 대로 따라갈 뿐이다.

장거리 이동으로 몸은 완전히 녹초가 되어 버렸다. 달려드는 호객꾼에게 반응할 힘도 없다. 대충 기차역 앞에 있는 숙소 두어 군데를 비교해 본 뒤에 일단 짐을 푼다. 감사하게도 다행히 온수가 나온다.

그리고 완전 기절! 거의 만 이틀 만에 누워 보는 침대다.

#44 북인도 맥그로드 간즈가 아름답다는 말을 듣고 가볼까도 했지만, 네팔에서 거의 30시간의 이동 후 하리드와르에 도착했는데 다시 여기에서 10시간을 더 가야 처음의 목적지였던 맥그로드 간즈에 도착 할 수 있단다. 나는 결국 백기

를 흔들고 말았다. 목적지가 사라진 지금 어떻게 해야 할지 고민도 하고, 그동안 먼지로만 채워진 배에 음식도 넣어 줄 겸 일단 기차역 앞에 보이는 작은 식당으로 향한다.역시나 배를 채우니 머리가 잘 돌아가는 것일까, 여기에서 한 시간 정도의 거리에 '리시케시'라는 작은 도시가 있단다. 아무것도 모르지만, 아무 정보도 없지만 이미 내 발걸음은 그곳으로 향하고 있다. "리시케시 버스! 리시케시 버스!"를 외치며 다니니, 어떤 아저씨가 손가락으로 가리키며 버스에 타란다. 12시 정각에 출발하는 버스, 가격은 35루피. 이제 다시 리시케시로!

인도의 도로에서는 언제나 서커스가 열린다. 중앙선과 흡사하게 생겼지만 그다지 제 역할을 하지 못하는 중앙선을 자유자재로 넘나드는 건 다반사, 갓길도 없는데 마주 오는 차들이 양방향 모든 차선을 점령하며 달려들기도 한다. 처음 인도에 왔을 때는 손잡이를 부여잡고 "오, 마이, 갓"을 얼마나 많이 외쳤는지, 문득 그때의 기억이 되살아났다. 엄청난 트럭들과 수많은 릭샤들. 그리고 그 사이를 올챙이처럼 빠져 다니는 오토바이들. 몇 차선으로 늘어섰던 차들이 어느 순간 한 줄로 마술처럼 변한다. 그리고 아슬아슬 우리 차를 비켜 질주한다.

버스는 이내 만원을 이룬다. 어디선가 올라탄 여학생들의 웃음소리와 재잘거림이 버스 안을 기분 좋게 채운다. 그러나 기분 좋음도 잠시, 오후 1시 리시케시에 도착해서 가격을 흥정 한 뒤 릭

갠지스강의 상류가 흐르는 리시케시

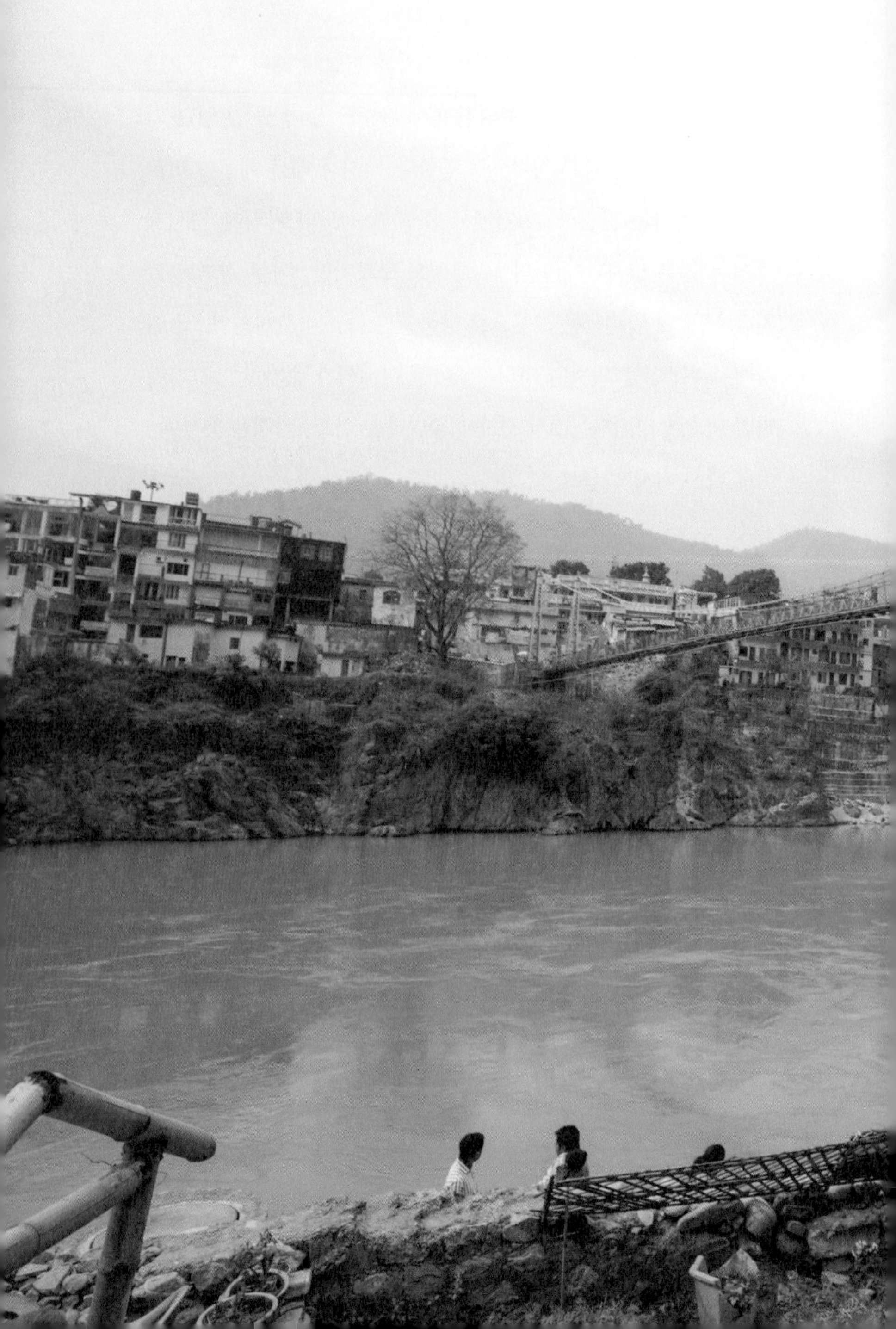

리시케시의 야경과 달빛

어느 카페에 달린 전구가 오래도록 꺼지지 않는 밤이다

샤를 타고 가이드북에 나와 있는 숙소를 찾아서 내렸으나, 이놈이 한참이나 떨어진 곳에 내려 주고 가 버린 것이다. 아무것도 모르는 여행객은 당할 수밖에 없는 억울함에 부아가 치밀어 오른다. 짐을 들고 한참을 걸어서야 겨우 목적지에 도착했다. 아무래도 돈을 적게 받은 만큼 거리도 적게 간 것 같다. 이 사람 저 사람에게 물어물어 숙소에 도착. 다행히도 빈방이 있다. 당분간은 이동을 자제해야겠다는 생각이 가장 먼저 든다.

반갑다. 리시케시!

#45 날씨가 난리다. 어젯밤 엄청난 폭우와 바람이 한바탕 휩쓸고 지나갔다. 어제 아침에 일어나자마자 빨래를 해두길 참으로 잘했다. 여행에서 빨래는 참 중요하다. 옷에서 냄새도 심하고 먼지도 많이 뒤집어쓰기 때문. 빨래를 할 수 있는 순간순간 실행에 옮기는 능력이 필요하다.

날씨 핑계도 있고 감기기운도 있고 해서 아침 겸 점심을 먹고 약도 먹고, 오후 내내 낮잠을 잤다. 참으로 오랜만에 청하는 긴 낮잠이었다.

시간은 오후 6시밖에 되지 않았지만 여전히 무거운 날씨 덕에 밤이 일찍 찾아왔다. 옷을 주섬주섬 챙겨 입고 모자 하나 푹 눌러쓰고 전에 봐둔 식당으로 향한다. 심한 바람에 큰 다리가 흔들거린다. 기대했던 것보다 훨씬 음식 맛이 좋다. 역시 많은 여행객들로 붐비는 이유가 있다. 바로 옆에는 작은 서점이 있다. 우리나라 헌책방 같은 느낌이 좋다. 예전 학창시절에 헌책방을 자주 이용했던 기억이 난다. 지금은 찾아보기 힘든 헌책방. 학생 때는 참 사기도 팔기도 많이 했었다. 영어 공부도 할 겸, 심심할 때 시간도 때울 겸 아주 작고 가벼운 책 한 권을 골라 집었다. 하드커버라 분량에 비해 조금은 비싸지만, 그래도 우리나라 돈으로 3천 원 남짓. 작은 책 한 권으로 나의 '쉼'의 시간이 한층 더 풍요로워진 느낌이다.

오늘은 휴식의 날. 그동안 밀린 일기도 정리하고 과자도 먹으며 하루를 마무리한다. 내일은 몸도 날씨도 좀 더 좋아지기를!

장소 불문 시간 불문, 춤과 노래가 계속되는 리시케시

즐겁게 춤추는 사람들

#46　네팔에서 엄청난 거리를 이동하며 여기 북인도로 다시 들어온 건, 특별한 이유가 있어서다. 바로 '워크캠프(workcamp)'에 참가하기 위해서다. 원래 나는 그런 것이 있는지 조차도 몰랐는데 지인을 통해서 알게 되었다. 특히 이번 여행 기간에 인도에서 워크캠프가 열리는 곳이 있어 지원을 하게 되었고, 다행히 참가할 수 있게 되었다. 네팔 카트만두와 북인도에서 열리는 워크캠프 중에 어디에 참가할까 한참을 고민하다가 북인도로 결정했는데, 이렇게 고생스러울 줄 누가 알았겠는가!

　여기 리시케시에서도 남은 시간이 만 이틀밖에 없다. 이틀 후 워크캠프에 참가하기 위해 좀 더 북쪽인 칼카로 이동한다. 또다시 새로운 곳에서 새로운 사람들을 만날 것이다. 기대된다. 어떤 시간이

비에 젖은 리시케시의 거리

될지, 또 어떤 것을 배우고 느끼게 될지. 새로움은 항상 '낯선 어려움'이기도 하지만, 동시에 '기쁨이고 즐거움'이기도 하다.

어젯밤에는 람줄라 근방을 돌아보았다. 정말 여기가 서양인지 인도인지 모를 만큼 서양인들이 많다. 온통 헐렁한 옷을 걸친 서양인들뿐이다. 아주 간혹 가뭄에 콩 나듯 동양인도 보인다. 리시케시는 종교적으로 신성한 장소라는 이유로 무엇보다도 고기와 술을 먹을 수 없다. 아예 팔지를 않는다. 좋기도 하지만 때론 불편하기도 하다. 원래 할 수 없고, 하지 말라고 하면 더 하고 싶은 게 사람인지라 참으로 매콤한 한국 음식과 시원한 맥주가 그립다. 그동안 어렵지 않게 만날 수 있었던 그런 작고 사소한 것까지도 행복이었음을 온몸으로 느낀다. 어쩌면 이것이 여행의 메시지일지도 모른다.

여행을 하면서 나 스스로도 아주 조금씩 변하고 있음을 느낀다. 며칠 전 여기에서도 스쿠터 한 대를 빌렸다. 하루 종일 타고 저녁에 골목 한구석에 잘 세워 두었다. 다음 날 일어나 아침도 먹을 겸 나갔는데 스쿠터가 보이지 않는다! 대신 그 자리에 장사꾼 아저씨가 가판을 펼쳐 두시고 그 위에서 열심히 무엇인가 팔고 계신다. 순간 '뭐지? 어떡하지? 큰일이네.'라는 걱정이 스쳤지만, 몸속 어디선가 '괜찮아! 어디엔가 있겠지. 설마 누가 들고 갔겠어?'라는 소리가 들렸다. 여행 중에 성격이 부드러워진 건지 정신이 이상해진 건지는 잘 모르겠지만 아무렇지도 않은 듯, 아무 일도 없는 듯 곧장 주린 배를 채우러 식당으로 들어갔다. 예전 같았으면 온갖 걱정과 난리를 피우며 찾으러 다녔을지도.

달빛으로 배터지게 속을 채우고, 거리에

여행이란 '매순간이 소중해지는 것'의 또 다른 말일지도 모른다

서 아저씨가 직접 짜주시는 레몬주스도 한 잔 마시고, 그렇게 느긋하게 잃어버린 스쿠터를 찾아 삼만 리를 시작했다. 길거리를 샅샅이 뒤졌다. 그런데 어찌나 스쿠터가 많은지 도무지 찾을 수가 없다. 여러 상인들에게 수소문한 결과, 어제 저녁에 경찰이 와서 가져갔다는 정보를 입수할 수 있었다! 그래서 경찰서로 가 보라고. 엥? 경찰이 왜 가져가지?? 곧장 물어물어 경찰서로 향한다. 인도에서 경찰서까지 오게 될 줄이야! 가서 사정을 들어 보니 이륜차는 도난 방지를 위해서 핸들을 고정시키는 'Lock'기능이 있는데, 내가 시동만 끄고 락을 걸어 놓지 않았던 것이다. 도난 위험 때문에 경찰이 경찰서로 끌고 온 것이다. 가깝지 않은 거리인데도 말이다.

이 다리로 수많은 사람들이 갠지스강을 건넌다

그런데 예상치 못한 다른 문제가 생겼다. 내가 렌트한 스쿠터가 미등록 차량이라는 것. 보통 렌트를 해 주는 샵에서 스쿠터 주인에게 전화를 걸어 그가 가져오면 빌려주고 얼마씩을 나눠 갖는 시스템이다. 비정상적 불법 렌탈 장사를 하는 것이다. 그런데 나 때문에 경찰에게 딱 걸린 것!

스쿠터 주인과 렌탈샵 사장과 경찰이 한참을 이야기하고서야 스쿠터를 가지고 나올 수 있었다. 벌금으로 200루피를 지불했단다. 나보고 반반씩 부담하자는 말에 나는 잘못이 없고 애초부터 그런 주의사항을 듣지 못했다고 하니, 순순히 알았다고 한다. 자기들도 자기네 잘못인 걸 아는 모양이다. 뭐, 내가 일부러 그런 건 아니지만 약간은 미안한 마음도 들었다.

아임 쏘 쏘리!

#47 리시케시에서의 마지막 날. 여행한 지 한 달하고도 반이 지난 지금, 여행에 대해서 다시 한 번 생각해 보게 된다. 여행의 기간도 애초부터 정하지 않았고, 목적도 이유도 딱히 묻지 않고 출발했던, 출발하는 것 자체에 의미를 두었던 그런 여행. 나는 그렇게 출발했고, 지금 그런 시간들이 흘러가고 있다.

외롭기도 하고, 심심하기도 하고, 한국에 돌아가서 먹고 싶은 것도, 만나고 싶은 사람도, 하고 싶은 것들도 한가득이다. 여행을

말로는 다 표현 할 수 없는 버스 여행

하면서 여러 가지 것들을 비워야 할 터인데 자꾸만 채워지니, 머리도 함께 복잡해지고 무거워지는 것 같다.

이런 내가 정상적인 것일까, 비정상적인 것일까. 단지 현재를 벗어나 새로운 곳으로 떠나기만을 바라는 것은 아닐까. 혼자 있고 싶기도 하면서, 동시에 외로움이 두려운 철없는 아이 같다. 내가 좋아하는 바나나를 꼭 쥐고 있지만 그것은 주둥이가 좁은 항아리 안에 있어 먹지도 놓지도 못하는, 그것 때문에 오히려 부자유스러운 한 마리의 원숭이 같다.

그렇게 자신만만하게 큰소리치며 비행기에 몸을 실었고, 지금 내 옆에는 엄청나게 큰 갠지스의 강이 흐르고 있고, 나만의 자유

버스에서 만난 아이들의 눈빛

와 시간을 갖고 있는데, 그다음이 문제다. 그래서 이제 앞으로 어떻게 할 작정인가? 약도 없는 심각한 중2병이 걸렸다. 어찌해야 할지 모르겠다. 여행 중에 적어도 한 번 이상은 고민해야 할 문제가 예고 없이 불쑥 찾아왔다. 어떡하지? 진짜 내가 누구일까? 내가 간절히 바라는 것은 정말 무엇일까? 강은 절대 거슬러 흐를 수 없듯이 나의 결정도, 시간도 거스를 수 없다. 아래로, 아래로 흐를 뿐이다. 다만 그 방향은 바뀔 수 있다. 오른쪽으로 흐를 수도, 왼쪽으로 흐를 수도. 뭍에서 떨어져 배를 띄운 건 나 스스로다. 이제 방향을 정할 때다. 어찌 되었건 아래로 내려갈 수밖에 없겠지만. 자, 그럼 어디로 저어 나갈 것인가?

플랫폼에서 기차를 기다리는 한 여인의 뒷 모습을 한참이나 바라보았다

짐도 싣고, 사람도 싣고

　리시케시에 수많은 서양인들은 어떻게 해서, 또 왜 왔을까? 저들
은 무엇 때문에 이 먼 곳까지 날아왔을까? 신성한 도시 리시케시.
그 신성한 곳에 서 있는 그리 신성하지 않은 나. 가이드북에도 나와
있지 않은 이곳까지 오게 된 나. 그리고 거기에서의 마지막 날.

　우리는 당장 답을 찾지 않아도 될 미래의 문제를 붙잡고 씨름하기
일쑤다. 마치 지금 이 순간 찾지 않으면 무슨 사단이 날 것 같은 얼
굴로 말이다. 물론 즉시 답을 찾아야만 하는 문제도 있지만, 대부분
그렇지 않은 경우가 더 많다. 그래서 사람은 앉아 있을 땐 서 있는
생각을 하고, 서 있을 땐 달려가는 생각을 하고, 달려가고 있을 땐
날아가는 생각을 한다고 하나 보다. 멍청하다. 지금의 나도. 그런

인도에서 언제 올지 모르는 기차를 기다리는 건 아무런 문제가 되지 않는다

걱정 때문에 아름답고 우아하게 흘러가는 갠지스의 노을을 아무 감흥 없이 흘려버리고 있지 않는가. 다시 정신을 가다듬자, 어설픈 사춘기에서 벗어나자. 지금의 이 시간은 다시 돌아오지 않는다!

내일은 다시 하리드와르로 가서 2시 30분 기차를 타고 좀 더 북쪽인 암발라로 간다. 그리고 거기에서 저녁 7시 50분 기차를 타고 워크캠프의 미팅 장소인 칼카로 간다. 거리가 그다지 멀지 않아 힘든 여정은 아닐 것 같다. 30시간 이상 버스를 타고 나니 웬만한 거리는 긴장도 되지 않는다. 하지만 마지막이라는 말은 항상 아쉽고 슬프다.

2월의 마지막 날. 약속이나 한 듯이 리시케시에서도 마지막 날. 요 며칠 갑자기 한국에 돌아가고 싶은 마음이 들어 쉽사리 사라지지 않는다. 향수병이라도 걸린 것일까, 아니면 여행이 지루해진 것일까. 마음속에 해소되지 않는 무엇인가가 약간은 답답하게 느껴진다.

여행도, 삶도, 사람도 항상 만족이라는 것은 있을 수 없다. 문제는 불만족에서 만족으로 옮겨 갈 수 있도록 원인을 찾고 고민을 하고 노력하는 것이 아닐까. 지금 나의 원인은 무엇일까? 아주 단순한 시간들이 내 안에 복잡함을 만들어 낸다. 반대로 아주 복잡한 삶은 나를 단순하게 만들기도 한다. 그동안의 나의 복잡한 삶은 나로 하여금 내 안에 있는 가장 중요한 무엇에로 집중하게끔 만들었다. 그리고 지금 아주 단순한 시간들 속에 있는 나는 가끔씩 알 수 없는 복잡함으로 흩어지기도 한다.

언젠가 다시 한국에 들어가게 되면 엄청나게 복잡한 시간들이 분명 나를 덮칠 것이다. 단순과 복잡 사이의 시소를 잘 탈 수 있을까.

나에게도 그런 힘과 지혜가 있기를!

#48 삼일절이다. 그래서인지 여기도 비가 추적추적 내린다. 어젯밤에 늦은 시각이 되어서야 잠이 든 것 같다. 아침에 부스스 눈을 떠 부지런히 출발 준비를 서두른다. 비

가 오는 게 어느 때보다 더 성가시게 느껴진다. 잦은 이동 중에 내리는 비는 불청객이다. 그래도 먼지가 씻겨 내려가 공기가 깨끗해지는 건 반가운 일이다.

　짐을 챙겨 나오니 비 말고 릭샤도 우리를 괴롭힌다. 귀국하는 동생의 버스 출발 시간이 임박하는데도 작은 릭샤에 5명이 차지 않았다고 요지부동이다. 5명이 차면 한 사람당 50루피. 지금 출

나에게 과자를 자랑하는 장난꾸러기 친구

발하면 70루피란다. 나 참! 한참 동안의 실랑이 끝에 60루피로 극적 합의! 그제야 우리와 외국인 한 명을 실은 릭샤가 빗속을 움직이기 시작한다.

동생과 작별 인사를 한다. 못내 아쉽고 동시에 부럽다. 세상에 이렇게 부러운 사람이 또 있을까. 나도 같이 가고 싶은 마음이 굴뚝이다. 짧고 굵은 인사를 나눈 뒤 나는 서둘러 반대편 하리드와르행 버스를 찾아 오른다. 어느새 버스가 만원이다. 정확히 한 시간 후인 12시 2분, 버스는 하리드와르 터미널에 나를 내려 준다.

익숙한 곳이다. 며칠 전 30시간의 버스여행 이후 자정이 다 돼서야 도착했던 악몽이 떠오른다. 바로 앞 하리드와르 역에 들어가 티켓을 확인하는데 아직도 대기좌석이다. 아슬아슬하다. 채 두 시간도 남지 않았는데 언제 대기가 풀릴지 모르기 때문이다. 그래도 이제는 당황하지 않고 근처 식당에 들어가 익숙하게 주문을 하고 배를 채운다.

다행히 대기표가 풀렸다. 그런데 전광판을 아무리 쳐다봐도 타야 할 기차가 보이질 않는다. 기차 번호는 12053. 그런데 전광판엔 12054만 보인다. 이건 뭐지? 빨리 플랫폼을 확인하고 탑승해야 하는데 큰일이다! 어렵사리 알아낸 결과, 같은 기차란다. 이런 어처구니없는 경우가!! 움직이는 기차에 가까스로 올라탄다. 바닥도 미끄럽고 짐도 무거워 하마터면 뒤로 넘어질 뻔했다. 도대체 몇 사람에게 물었는지 알 수도 없다. 왠지 믿음직하게 생긴 사람이면 죄다 물어봤다. 비도 내리고 땀도 내린다. 기차가 움직인다. 나는 이제 암발라로!

 2시 50분에 출발한 기차가 6시가 되어서야 암발라에 도착했다. 여전히 많은 비가 내린다. 인도의 우기가 시작된 건가? 시간과 장소가 바뀌었지만 무거운 하늘은 똑같다. 암발라에서도 표를 확인하고 기차번호를 전광판에서 찾는다. 역시나 없다. 이젠 모든 것이 익숙하다. 당황하지 않는다. 아예 기대하지도 않는다. 역사(驛舍)

손님을 기다리는 판매원 아저씨. 장사가 잘 안 되나 보다

에 있는 사무실을 찾아가 오류가 없는지 다시 한 번 확인한다. 언제나그렇듯 시원찮은 대답만 돌아온다. 그냥 기다리란다. 출출한 배를 채우기 위해 가판에서 파는 음식을 사 먹었는데 의외로 맛있다.

어느 시간 어느 역이나 많은 사람으로 붐빈다. 아이부터 할아버지까지 엄청난 인파로 정신이 없다. 그 와중에도 아이들과 인사하고 악수를 나누며 사진을 찍어 준다(물론 찍고 보여만 줄 뿐 사진을 전해 주지 못하는게 늘 아쉽다). 아이들은 너무나 귀엽고 예쁘다. 얼굴에서 장난기가 줄줄 흐르고, 자신이 개구쟁이라고 이마에 쓰고 다닌다.

두 시간을 기다린 뒤 칼카행 기차가 도착했다. 오늘의 마지막 이동이다. 조금은 지치지만 그래도 목적지까지 힘차게 가자! 워크캠프가 기대된다.

#49 밤 9시 반, 칼카에 도착. 여전히 비가 내린다. 많은 사람이 붐비는 역은 아니었지만, 그래도 꽤나 큰 역이다. 물어물어 비를 뚫고 작은 숙소를 잡았다. 리시케시에서 얼마나 맥주가 먹고 싶었던지 짐도 풀기 전에 주인아저씨께 맥주를 구할 수 있냐고 여쭈었다. 아저씨는 종업원에게 부탁해 직접 가게까지 안내해 주었다. 얼마 만에 만나는 맥주인가!! 한걸음에 숙소로 달려와 대충 씻고 맥주부터 마신다. 아! 이 얼마나 시원하고 맛있는지! 정말로 이 시원한 한 모금에 피로까지 내려가는 듯 하다. 한국에서는 너무 쉽게 구할 수 있는 맥주 한 캔이 이렇게도 감사할 줄이야.

여행을 오면 감사하지 않을 게 없다는 말을 다시 한 번 온 세포로 실
감하는 순간이다. 비는 거리를 적시고, 시원한 맥주는 지친 내 온몸
을 적시는, 그런 행복한 밤이다.

 # 50 여전히 비가 내리는 아침이다. 어제 맥주 탓인지 피
곤한 탓인지 늦잠을 잤다. 12시에서 1시 사이에 칼
카역에 도착해야 하는데, 11시가 넘어서야 눈을 떴다. 부랴부랴
씻고 준비하고 도망치듯 나와 근처 식당에서 대충 점심을 먹는다.
캠프 참가비도 은행에서 찾아야 하는데 시간이 부족하다. 게다가
보이는 ATM기는 죄다 말썽이다. 은행에 들어가 물어보니 네트워

조요한 시골 마을, 리치

비가 온 뒤 공기가 정말 깨끗하다

리치에서 머물렀던 숙소와 빨랫줄에 걸린 나의 옷가지들

크 문제란다. 할 수 없다. 참가비도 없이 나는 발길을 돌린다. 이미 사람들이 모여 나를 기다리고 있다. 첫 만남부터 늦장을 부려 내심 미안한 마음이 들었다.

승합차에 짐과 사람이 함께 뒤섞여 1시간 반 동안 비포장 산길을 달린다. 어찌나 구불거리는지 멀미와 친하지 않는 내 속이 다 뒤집어질 지경이다. 두 개의 산을 넘어 도착한 곳은 바로 리치! 여기가 바로 목적지다. 외국인도 많고 일본인 그리고 한국인도 한 명 있다! 처음에는 모두가 어색하고 머쓱했지만, 같이 밥도 먹고 탁구도 치고 카드게임을 즐기며, 음악과 춤을 나누니 금세 가까워진다. 내일부터 본격적으로 워크캠프가 시작된다.

하늘은 많은 비를 내려 애써 빨래해 널어놓은 내 옷들을 친절하게 다시 빨아 주고 있다. 내일은 해가 쨍쨍하길!

#51 그동안의 흐린 날씨가 지나고 화창한 날씨다. 인근 마을에 가서 사람들과 이야기도 나누고, 그들의 삶의 모습을 조금이나마 엿보고 공유한다. 아이들과 부인들을 포함한 모든 사람들이 평안하고 행복해 보인다. 깔끔하고 잘 정돈된 분위기의 마을이다. 물론 약간의 '보여 주기식' 느낌은 지울 수 없었지만, 그래도 이런저런 설명도 듣고 그들의 일상을 좀 더 가깝게 보고 느낄 수 있는 귀한 시간이었다.

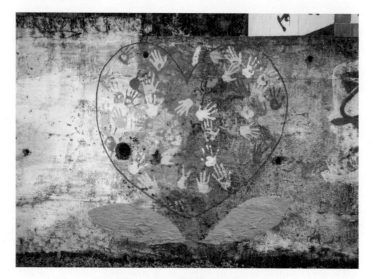

숙소 벽면에 그려진 손바닥들이 정겹게 느껴진다

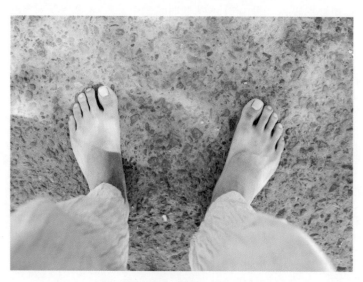

여행 중에 더욱 고마움을 느끼는 나의 발

점심 후 인근 밭으로 '작업'을 하러 갔다. 산에 올라가 잡초를 걷어 태우는 일이었다. 군대 제대 이후 참으로 오랜만에 하는 낫질이었다. 군대를 다녀온 남자는 나 하나뿐이어서인지 현란한(?) 나의 곡괭이질과 낫질에 모두 환호성이다. 얼굴색, 머리카락색이 다른 사람들이 한데모여 다 같이 낫과 곡괭이를 들고 돌도 고르고 나무도 심고 잡초도 태우니 느낌이 새롭다. 하나같이 너무 열심히 하는 모습이 신기하기도 하고 좋아 보였다. 간식으로 먹은 짜이티(tea)와 비스킷이 정말로 꿀맛이다. 함께 땀을 흘리고, 연기에 콜록이며 그들과 점점 더 가까워지고, 마음속의 담이 낮아지고, 웃고 울며 많은 것들을 공유하는 시간이 조금은 낯설지만 그래도 즐겁다.

워크캠프 멤버들. 각국에서 온 친구들이다

#52 리치에서 만난 그들의 모습을 사진기에,
그리고 내 마음에 담는다.

갑자기 구슬만 한 우박들이 떨어졌다. 사진 찍는 Natalri

땔감을 가져오시는 아주머니

엄마와 아빠 Muttiran Gee

그리고 두 아들

버스에서 만난 웃음이 너무나도 멋진 할아버지

#53

리치에서 보낸 소중하고
즐거운 시간들과 만남들.

엄청나게 큰 불판 위에서 난(Naan)을 굽고 있는 아저씨들

버스에서 만난 친구의 눈빛이 예사롭지 않다

Esther와 Natalri

나를 보고 웃는 그들의 환한 미소가 참 좋다

어디인지도 모르는
한 마을에 내려서 만난 동네 천사들

#54 친구들과 한참 동안 이야기를 하고 나니 어느덧 컴
컴한 밤이 되어 버렸다. 나는 갑자기 벌떡 일어나
삼각대와 사진기를 들고 밖으로 뛰쳐나간다. 지금까지 나와 조용
히 앉아 차를 마시며 이야기를 나누고 있던 친구도 덩달아 뛴다.
'아, 여기도 아니다.' 나는 다시 뛴다. '아, 여기도 아니네.' 시간이
없다! 달이 엄청난 속도로 떠오르고 있기 때문이다! 드디어 적절
한 장소를 찾아내고 곧 바로 삼각대를 펴고 사진기를 조작한다.
그리고 찰칵! 아, 숨이 차다. 그런데 그 순간 더 숨 막히게 아름다
운 달이 내게로 와서 꽃을 피웠다.

정말로 밝은 달밤. 달에 꽃이 피다

#55 오늘이 대망의 Holly Festival이다. 아침 식사 후 모두가 허름한 차림으로 모여 마당에서 쌀가루로 만든 색분말을 던지기 시작했다. 여기저기에서 비명과 함성이 터져 나오고, 웃음소리와 온갖 화려한 색으로 가득 찼다. 신기해하며 당황스러울 새도 없이 온몸과 머리가 휘황찬란한 색으로 뒤덮인다. 물러설 곳도 없고, 그럴 분위기도 아니다. 무조건 정면 돌파다. 손에 잡히는 대로 뿌리고 던지고 묻는다.

온몸이 충분히 색칠됐을 때, 우리는 비장한 군인처럼 양손에 색분말 가루를 들고서 옆 마을들을 하나씩 정복하러 나선다. 나무를 들고 가는 아저씨·아줌마도, 오토바이를 타고 가는 청년도, 버스·택시·트럭 운전기사님들에도 모두가 "해피 홀리!"를 외치며 색분말을 던진다.

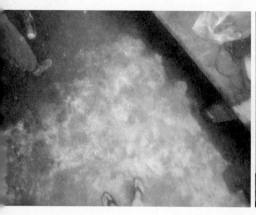

화려한 색만큼이나 Happy한 Holy 축제!

Mukesh의 짓궂은 장난에도 웃음만 나온다

웃음이 해맑은 Naoto   마을 아주머니도, 아이들도 모두가 흥겹다

옥상에서, 마당에서, 길거리에서, 북인도 작은 시골마을이 웃음소리와 색분말로 물들어 간다!

Happy Holy!

#56 순식간에 워크캠프의 시간도 끝이 났다. 색분말 만큼 화려하고 즐거운 리치에서의 시간. 어떻게 지나갔는지도 모를 만큼 빠르게 지나갔다. 멤버들과 뜨거운 포옹을 나누며 나는 다시 뉴델리로 향한다. 거의 두 달 만에 다시 돌아온 뉴델리가 새롭다. 그러나 여전히 아무것도 변하지 않은 뉴델리. 단지 내가 조금 변했을 뿐이다. 처음에는 너무나 어색하고

형형색색보다 더 아름다운 아이들의 모습

낯선 도시가 이제는 익숙하고 모든 게 잘 맞춰진 하나의 퍼즐판 같다.

리치에서 만난 일본 친구인 나오토와 사키와 헤어져 숙소를 잡았다. 역시 델리라 가격이 만만치 않다. 본래는 같이 머무를 생각이었는데 방이 부족해 그들 따로, 나 따로 숙소를 잡아야만 했다. 이곳 저곳을 두리번거리며 돌아다니는 나를 보고 젊은 친구(?)가 다가왔다. 자기가 좋은 숙소를 소개해 주겠다는 것이다. 그러더니 곧 광고지를 들이밀었다. 알아들을 수 없는 심한 재잘거림과 함께. 그런데 뭔가 느낌이 이상하다! 이것은 바로 말로만 듣던 인도의 소매치기!! 나는 본능적으로 그를 밀쳐냈다! 숙소를 찾아서 돌아다니던 나에게 아니나 다를까 불청객이 다가왔던 것이다. 그리고 나의 배낭을 보니 허리를 감싸고 있던 주머니의 지퍼가 반 이상 열려 있었다! 다행히 배낭을 꽉 조여 매고 다녀 그 느낌을 느낄 수 있던 것이다. 시끄럽고 현란한 말솜씨로 나의 시선과 집

붉은 노을

정신없는 뉴델리역

중력을 분산시킨 뒤 전단지 밑에서 배낭 주머니를 털어 가는 수법이었다! 나는 너무나 화가 나서 그에게 왜 나의 주머니를 만지냐고 소리쳤다. 내가 큰소리를 지르니 주변의 시선들이 모아졌고, 프로가 아닌 그 친구(?)는 당황한 나머지 횡설수설하며 황급히 그 자리를 벗어났다. 하마터면 나의 소중한 핸드폰을 잃어버릴 뻔했다.

여기는 긴장을 놓을 수 없는 곳, 바로 파하르간지다.

다시 찾은 인도가 나의 긴장감을 다시금 바짝 끌어올린다. 그렇게 인도에서의 마지막 5일이 시작되었다. 작게 분권한 가이드북 하나와 사진기 하나 들고 무작정 델리 시내로 나간다. 앞으로 5일간 델리의 이곳저곳을 돌아다니며 그동안 가 보지 못한 곳들을 하나씩 섭렵할 예정이다. 애초에 델리로 입국을 했지만 여러 가지 사정들로 델리를 충분히 돌아보지 못했기 때문이다. 다른 도시들도 많은 볼거리가 있지만 델리 안에도 풍성했다. 델리를 돌아보지 않고 그냥 떠났더라면 얼마나 많은 것을 놓쳤을까 하는 생각이 들지 않을 수 없다.

긴장과 이완이 공존하는 파하르간지의 밤거리

무엇을 저렇게 열심히 보고 있을까

#57 인도는 내 마음을 사로잡기에 충분했다. 너무나 큰 걱정과 긴장을 안고 첫 발을 디뎠던 인도. 하지만 시간이 지날수록 인도만의 아름다움과 멋스러움은 내 안에서 커져만 갔다. 내 인생의 첫 배낭 여행지 인도. 그들의 크고 맑은 눈은 비록 인도라는 나라가 조금은 위험하고 정신없고 비위생적으로 보일 수는 있지만 그들의 마음까지 그런 것은 아님을 보여 주기에 충분했다.

야구와 비슷한 크리켓. 공이 날아오는 순간을 찍었다

#58

해맑은 아이들

길을 건너다 갑자기 찍은 사진
이 사진이 왠지 모르게 너무나도 마음에 든다

여행에서 얻는 가장 값진 것 중에 하나는 바로 '친구'다.
(권필, 남연, 본인)

인생의 여정에서도 때론 신호등이 있으면 좋겠다는 다소 엉뚱한 생각을 해 본다

인도의 아름다운 저녁노을

#59 인도에 입국한 지 정확히 두 달이 지났다. 그리고 지금 다시 인도 델리 공항이다. 그동안의 기억과 경험들이 정말로 거짓말 같이 느껴진다. 어떻게 내가 인도와 네팔에서 두 달간의 시간을 보냈을까.

여행이란 이름의 시간은 그동안 내가 무엇을 누리고 살았으며, 나에게 가장 중요한 것은 무엇이었는지를 가장 잘 알려 주는 친구다. 두 달 내내 여행을 하는 동안 나 역시 여행에서 무엇이 필요하고 무엇이 불필요한지 너무나 잘 배웠다.

애초 계획과는 달리 인도를 인생의 첫 배낭여행지로 삼은 걸 정말 잘했다는 생각이 든다. 이제 더 이상 두려운 게 없다. 거침이 없다. 어느 곳, 어떤 나라, 어떤 상황이 내 앞에 닥치든 잘 이겨

떠나기 전 짐 정리 중

비행기 안에서 마지막 인도의 모습을 담는다

나갈 것만 같다(마치 갓 제대한 군인이 세상이 두렵지 않게 느끼는 것과 비슷하려나?).

  인도, 네팔, 히말라야를 뒤로하고 비행기에 오른다. 발걸음이 쉽게 떨어지지 않는다. 인도의 밤 풍경이 더 이상 보이지 않을 때까지 비행기 창문에 이마를 맞대고 코가 비뚤어 지도록 바라본다. 알 수 없는 이상한 마음에 마치 비행기가 흔들리듯 내 마음이 흔들린다. 그리 긴 시간은 아니었지만 시간 그 이상의 의미로 나에게 다가와 준 곳.

안녕, 인도.
안녕, 히말라야.
언젠가 다시 꼭 너를 찾아오겠어!

PART 04

아름다운
대륙
중국

 # 60

니 하오! 중국!

이제 너를 만나러 왔어!

잘 부탁할게!

정체를 알 수 없는 중국의 교통수단

대한민국 임시정부유적지 입장권

인형극(?) 같은 것을 보고 있는 아이들

현대적이며 이국적인 상해의 밤거리

하늘을 찌를 듯한 상해의 고층 빌딩들

#61 상해에서 쑤저우로 이동했다. 예약도 없이 숙소를 찾아가 방을 잡고 짐을 푼다. 그리고 근처를 돌아다닌다. 하루 종일 날씨가 흐리다. 아름다운 정원들, 알지 못하는 사람들이 알 수 없는 사람들을 위한 노력으로 지은 아름다운 나무들과 건축물. 돌들과 담벼락. 그리고 수많은 관광객들.

연신 사진기의 셔터를 누르지만 내 마음이 즐겁지 않다. 기쁘지도 않다. 누군가는 그토록 부러워할 시간을 보내고 있고 아름다운 장소에 와 있지만, 나는 왠지 하얀 바탕에 검은 점처럼, 검은 바탕에 하얀 점처럼 우두커니 떨어져 있는 느낌이다. 왜 그럴까. 불현듯 원효대사가 마신 해골바가지 이야기가 떠오른다. 자신이 원하던 것을 이루기 위해 떠난 길에서 만난 그 한 바가지의 물이 본인을 돌려 세웠다. 나에게 해골바가지 물은 무엇일까, 또 어디에 있을까.

창문1

창문2

창문3

이제 어디로 가야 하는가? 한 가지 확실한 것은 내 안에 외로움이 무척이나 크다는 것이다. 혼자 보내는 그리 짧지 않은 시간이 나에게 결코 쉽지 않은 듯하다.

유독 창문이 눈에 들어오는 건, 내 안에 무엇인가를 보여주고 싶어서일까. 아니면 어딘가를 들여다보고 싶어서일까. 내 안에, 또 그 창문 안에는 무엇이 있을까.

#62　얼마나 시간이 지났을까. 물어물어 어렵게 찾아온 유원(幽園). 화창한 날씨만큼이나 아름다운 곳이

다. 물과 돌과 나무와 풀들이 하나의 화폭을 이룬다. 하지만 그 안에 하나의 티가 있으니 바로 내 자신이다.

분수히 돌아다니던 발길을 멈추고 열심히 찍던 사진기도 내려놓고 그냥 아무 곳에 털썩 주저앉는다. 차라리 알아들을 수 없는 중국어가 더 고맙다. 나의 신경을 뺏어 가지 않기 때문이다. 마주하는 선선한 바람이 참 좋다.

언젠가도 생각했지만 사진은 '빼기'다. 여행도 빼기다. 사랑도 빼기다. 결국 인생이 빼기다. 결국 빼다 보면 가장 소중한 것만 남는다. 엄청나게 많은 것을 보기 위해 떠난 여행이 애초부터 아

행복한 예비 부부의 모습

주방 아주머니

니었지만, 결국 거기에서도 뺄 것들이 많이 있었음을 지금 여기서 다시금 느낀다. 더하는 것도 쉽지 않지만 빼는 건 훨씬 더 어렵다. 정확히 무엇을 빼야 할지도 모르지만, 빼야 할 것이 여전히 많이 있음을 느낀다.

　빼기는 더하기보다 어렵다.

#63 계획에도 없는 우시를 가게 되었다. 상해에서 만난 친구도 만날 겸, 구경도 할 겸 항저우를 가기 전에 우시에 들르기로 했다. 짐을 아무리 줄여도 무게가 줄지 않은 신기한 요술 배낭을 메고 기차에 오른다. 빠른 기차로 10분이면 도착하기에 짐을 올리고 내리기도 귀찮아 기차칸 사이에 대충 자리를 잡고 앉는다. 기차는 시속 290km로 날아간다. 우리나라 기차보다 훨씬 넓고 조용하고 빠르다. 무엇보다도 가격이 저렴하다. 우리나라는 기차 값이나 비행기 값이나 도긴개긴이다.

10분 뒤 기차에서 내려 우시에 도착한다. 벌써 어두운 밤이다. 배를 채우려 근처 식당을 둘러보다 사람이 분비는 곳으로 들어갔다. 늘 그랬듯 첫 마디는 "아임 항궈(나는 한국 사람입니다)." 그리고 말 대신 손가락으로 음식 사진을 가리켜 주문한다. 배가 너무

접사렌즈가 없을 때에는 렌즈를 거꾸로 뒤집어 찍으면 비슷한 사진을 얻을 수 있다

하나, 둘, 셋! 엄마와 아이들의 웃음소리까지 사진에 담기는 듯하다

고픈 나머지 손가락이 신들린듯 멈추질 않는다. 그런데 문제는 우리나라나 외국이나 사진과 실물은 상당히 많은 차이가 있다는 점이다. 그래도 허겁지겁 젓가락이 분주히 움직인다.

터지기 일보 직전의 배를 문지르고 있으니 친구에게서 연락이 온다. 친구의 친척도 함께 왔단다. 함께 우시의 매인 거리를 구경하러 나선다. 중국 전통의 분위기와 현대의 문화가 오묘하게 잘 섞여 있다. 여기저기서 밴드 연주 소리와 아름다운 보컬들의 목소리가 흐르는 강물처럼 거리를 따라 흘러나온다.

길을 걷다가 친구가 길거리에서 파는 음식을 먹어 보란다. 뭔지도 모르고 알았다고 대답을 하니, 어느새 내 손에는 뜨거운 순두

많은 이들로 붐비는 우시의 밤거리

우시의 저녁과 참 잘 어울렸던 그들의 노래

아름다움이 흐르는 우시의 밤

부가 간장을 덮고서 엄청난 김을 몰아쉬고 있다. 맛있는데 진짜 뜨겁다.

반대쪽 거리는 그 전 거리와는 너무나 다르게 조용하고 한산하다. 작은 수로 하나 건넜을 뿐인데 나라가 다른 것처럼 차이가 크다.

한참을 걷다 목이 말라 근처 맥주집에 들어가 함께 맥주도 마시고 이야기도 나누고 음악을 즐긴다. 밴드 바로 앞자리에 앉게 돼서 그 즐거움이 배가 되어 다가온다. 밴드멤버는 모두 필리핀 출신 연주자란다. 그중에 기타리스트는 20년간 기타를 연주했단다. 정말 훌륭한 솜씨다. 어깨를 한참 들썩이며 잔을 기울이다 보니 보컬이 와서 노래 한 지리 하란다.

내가 세상에서 가장 못하는 게 노랜데……. 대신 드럼을 조금 칠 줄 안다고 하니 미소와 함께 엄지를 치켜세운다. 실력도 없고 드럼 앞에 앉아 본 지도 오래되었지만 망설일 이유가 어디 있있겠는가!

그렇게 뜻밖에 찾아온 우시에서의 밤은 음악과 함께 물들어 갔다.

#64 창문 없는 방에서 자니 전등을 켜지 않는 이상 항상 밤이다. 눈을 떠 보니 10시다. 뭐 상관없다. 주섬주섬 매직 가방을 챙기고 대충 씻고 방을 나선다. 이제 어딜 가지? 막막하다. 어디로 가야 하는지도, 여기가 어딘지도 모르겠다. 일단 배고프니 식사를 하며 생각해 보기로 한다(이놈의 배는 언제 어디서나 늘 자신의 임무에 충실하다).

무거운 배낭은 일단 호텔에 부탁해 잠시 보관한다. 물론 다시 찾으러 와야 한다는 불편함이 있지만, 이걸 메고서 돌아다니는 건 자살행위임을 너무나 잘 알고 있다.

지도를 보니 '태호'라는 엄청 큰 호수가 있단다. 어떻게 가지? 근처 아무 버스정류장으로 가서 다짜고짜 지도를 내밀며 손가락으로 가리킨다. 모른다고 하는 사람도 있지만 때로는 표를 사는 창구까지 직접 같이 가 주는 고마운 사람도 있다.

여행을 하면서 참 많이도 물어본다. 아는 게 없으니 어쩔 수 없다. 거절당할 때에는 속상하기도 하지만 괜찮다. 물어볼 사람은 얼마든지 있으니까! 그리고 또 다른 사람에게 물어보면 잘 알려 주기도 해서 매우 감사할 때도 많이 있다. 어렵게 물어물어 목적지 근처에 다다른다. 그런데!! 오늘은 일요일!! 여기에 모든 중국인이 다 모여 있는 것 같다. 버스는 얼마나 승객이 많은지 태우지도 않고 지나치는 정류장도 많다. 결국 사람들이 도중에 내려서 걸어간다. 어쩌면 걸어가는 게 더 빨라 보이기도 한다. 나도 너무 덥고 지쳐서 사람들을 따라 내린다. 어딘지도 모른 채.

일단 좀 앉아서 쉬고 싶다. 버스 안에서 한 가닥의 콩나물이 되어 왔더니 온몸이 땀으로 범벅이다. 원래의 목적지는 아닌 것 같지만 그냥 사람들이 걸어가는 쪽으로 무작정 따라 걷는다. 가다 보니 넓은 호수가 보인다. 산책로도 잘되어 있다. 벤치를 보자마자 드러눕는다. 시원한 바람이 불어와 땀을 식혀 주는 느낌이 좋다. 다행히 버스에 오르기 전 잔돈을 바꾸기 위해 샀던 물 한 통이 있어 목마름도 어느 정도 해결할 수 있다.

이 넓은 호수를 다 볼 필요는 없다. 물론 지금 내가 보는 것이 호수의 코딱지만 한 부분일지라도 괜찮다. 그저 이 작은 벤치에 누워 알아들을 수 없는 중국말들과 시원한 바람과 그늘이면 충분하다. 그렇게 얼마나 있었을까, 잠이 들락 말락 한 시점에 다시 산책로를 따라 걷는다.

여긴 정말로 우시에서 볼거리 중 처음이자 마지막이라고 할 만큼 아름다운 곳이다. 모두 볼 수 없는 것이 조금은 아쉽지만 그래도 이제 항저우로 떠나야 할 것 같은 마음이 든다. 숙소로 돌아가자. 그리고 항저우로 떠나자!

한참을 기다려도 타고 왔던 버스가 오지 않아 무작정 아무 버스를 타고 주위 사람들에게 어디에서 내려야 하는지 묻는다. 묻고 물어서 지하철역에 도착. 그리고 지하철을 타고 숙소 근처에서 내리긴 했는데, 밖으로 나와보니 전혀 새로운 곳이다. 어디로 가야하지? 여행에서 가장 많이 하는 질문인 것 같다. '어디로 가야 하지? 여긴 어디지?'

주위를 둘러봐도 온통 새로운 곳이다. 그럴 수밖에. 그런데 어디선가 많이 본 것 같은 큰 건물이 저 멀리서 보인다. 저쪽으로 가보자. 어쩜! 이제는 여행자가 다 되었나 보다. 빙고다! 역시나 우시에 도착했을 때 보았던 고급 호텔의 뒤편 모습이었다. 그렇게 숙소에서 다시 짐을 찾아 택시를 타고 기차역으로 향한다.

중국이 큰 만큼, 중국에 있는 기차역은 다 크나 보다. 밤에 도착했을 때는 몰랐던 규모가 나의 눈을 놀라게 한다. 엄청나게 큰 역 안에 엄청나게 많은 사람들이 있다. 익숙하게 줄을 서서 나의 차례를 기다린다.

말 대신 중국 여행 책을 창구에 들이밀며 표를 요구한다. 그런데! 오늘이 일요일이라 매진이란다! 이럴 수가! 외국인 여행자는 인터넷을 표를 살 수 없는 시스템이 너무나 안타까울 뿐이다. 그래도 어쩌겠는가? 표가 없다는데. 그래도 당황하지 않고, 가이드북 지도에 나와 있는 바로 옆 터미널로 향한다. 기차가 아니면 버스로 가면 되지 않겠는가?

다시 배낭을 둘러업고 묻고 물어서 버스 터미널을 찾아나선다. 그런데……. 버스터미널이 문을 닫았다. 아무래도 아예 새로운 곳으로 옮겨 간 것 같다. 최신판 가이드북을 구입해 왔는데도 정보가 다르다. 꼭 편집자에게 이 사실을 알리고야 말겠다는 강력한 의지가 나의 무거운 배낭에 비례해서 솟구쳐 오른다. 아! 가이드북에도 없는 새로운 터미널은 도대체 어디에 있단 말인가. 나는 지금 어디인가. 어디로 가야 하는가.

그렇게 반쯤 혼이 나가 있는 나에게 누군가가 다가왔다. 오토바이를 탄 아저씨다. 중국어로 뭐라 뭐라 하시는데 알아들을 수가 있나. 느낌상 자기 오토바이에 타라는 말씀인 것 같다. 그런 구세주 같을 수가!! 그런데 한편으로는 무섭다. 이거 믿어도 되나? 장기매매는 아닌가? 급하게 중국인 친구에게 전화를 걸어 내 사정을 이야기하고 아저씨를 바꿔 준다.

둘이 한참을 통화하고서 전화기를 돌려받고 나는 오토바이에 올라탄다. 바람을 가르며 매직 가방을 메고 한참을 달린다. 슬쩍 쳐다보니 속도계 계기판도 고장 난 구식 오토바이다. 그래도 너무 감사하다. 난처한 나에게 손오공처럼 구름타고 나타나서 멋지게

'야, 타!'라고 외친 아저씨!

그렇게 한참을 달리고 또 달려서 도착한 곳은 새로운 터미널이다. 어디인지도 모르는 곳이지만 터미널에 도착했다는 느낌은 확실했다.

그런데 아니나 다를까, 아저씨가 돈을 요구하신다. 못 알아듣는척해도 소용이 없었다. 그래도 택시를 타고 온 셈치고 얼마 되지않는 금액을 드린다. 아저씨는 연신 저쪽으로 들어가라고 손가락으로 알려 주시며 멋진 배기음과 함께 쿨하게 떠나가신다.

서둘러 매표소로 뛰어가 항저우행 티켓을 산다. 아! 정말 이 작은 종이 한 장 구하기가 이렇게 어려울 수가! 그래도 어찌되었건이렇게 표를 구했으니 다행이다. 저녁을 대충 때우고 올라탄 버스, 그런데 기사 아저씨가 다짜고짜 신발을 벗기는 게 아닌가? 알

태호호수

항저우의 밤거리

고 보니 침대 버스다! 버스 안을 가득 메운 진한 청국장 냄새가 코를 찌른다.

　물어보니 대강 3시간 정도 걸린단다. 알람을 맞춰 놓고 눈을 감고 얼마나 시간이 지났을까. 아저씨가 항저우를 외치며 나를 흔들어 깨운다. 비몽사몽 신발을 챙겨서 급하게 내린다. 밤 10시가 좀 못 된 시각이다. 여기가 어딘가. 길거리에서 한참이나 기다려서

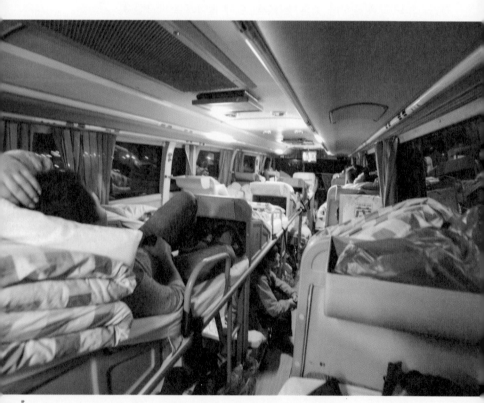

구수한 냄새가 인상적인 슬리핑 버스

겨우 택시를 잡아타고 가이드 북이 소개해 준 숙소로 향한다. 그런데 기사 아저씨가 위치를 잘 모르시는 모양이다. 거의 다 온 듯한데 기사 아저씨가 뱅뱅 도신다. 나의 소중한 택시비 역시 계속 올라간다. 숙소 주인과 전화 연결도 시켜 드렸건만 근처에서 여전히 맴돌아 그냥 내리겠다고 한다. 요금은 무려 40元(중국 돈)이 넘어간다. 좀 전에 여기 근처를 지나갈 때 30원이었음을 알고 있는 나는 중국회화 책을 뒤적이며 값이 비싸다고, 너무 돌아서 돈이 많이 올라갔다고, 깎아 달라고 요구를 한다. 결국 오케이! 나는 30원을 드리고 내린다.

어두운 밤에 숙소를 찾는 건 정말 쉽지 않는 일이다. 두 명의 경찰에게 물어보니 기가 막히게도 알려 주는 방향이 서로 다르다. 어쩌란 말인가. 나의 촉을 믿을 수밖에. 역시나 신기하게도 골목 안 깊숙이 자리한 숙소를 찾아낸다. 안도의 한숨을 쉰다. 정말 쉽지 않은 하루였다.

다행히 아까 전화로 예약을 해 둔 덕에 나의 침대 하나가 비어 있다.

항저우에서의 시간이 이렇게 시작된다.

안녕, 항저우! 반가워!

#65   옆 침대에서 자는 녀석의 코가 우렁차게 노래를 부

떡매를 치는 모습이 왠지 정겹다

르고, 다른 녀석은 새벽 5시에 체크아웃. 밤새 뒤척였다. 아, 피곤하다. 그래도 항저우를 구경하기 위해 대충 씻고 모자를 푹 눌러쓰고 숙소를 나선다.

항저우는 자전거로 돌아다니면 좋단다. 그래서인지 길거리 곳곳에서 공용 자전거를 빌려주는 곳이 많다. 어제 숙소에서 1원짜리 동전까지 탈탈 털어 계산한 덕에 내 주머니는 텅 비어 있다. 빈 지갑을 보여 주며 돈이 없다고 자전거 아저씨에게 불쌍한 표정을 짓는다. 대신 더 값진 나의 여권을 내민다. 자전거를 타고 돈을 찾아올 테니 일단 자전거를 빌려달라는 나의 보디랭귀지를 대번에 잘도 알아들으신다.

나무로 만든 두꺼비의 등을 문지르며 소원을 빌면 이루어진다고 한다

　흐리고 바람이 부는 날씨다. 게다가 쌀쌀하기까지 하다. 그래도 자전거를 빌렸으니 항저우에서 가장 유명한 서호를 한 바퀴 돈다. 잘 정비된 정원들과 산책로 그리고 봄을 알리는 꽃들이 참으로 아름답다.

　가족들, 연인들, 여행객들로 북적인다. 그리고 쑤저우에서처럼 웨딩 촬영을 하는 예비부부도 정말로 많이 보인다. 그냥 한자리에 서서 둘러만 봐도 네다섯 커플이 보인다. 모두들 아름답고 화려한 드레스를 뽐내며 조금은 어색하고 창피한 모습으로 열심히 촬영 중이다. '날씨가 조금 더 좋았다면 그들에게도 더없이 좋았을 텐데.'라고 생각하며 천천히 페달을 굴린다.

할아버지는 무슨 생각을 하시고 계실까

　자전거 브레이크가 처음부터 좋지 않았다. 내리막길에서는 사람들과 부딪치지 않기 위해 안간힘을 쓴다. 발바닥 브레이크를 쓰며 간신히 그들과의 충돌을 피한다. 이렇게 넓고 큰 호수가 인공 호수라니. 정말 중국 사람들은 무섭다. 만리장성도 그렇고, 넓고 큰 걸 정말로 좋아하나 보다.

　호수 주변은 자전거와 이륜차가 들어갈 수 없다. 오직 도보만 허락된다. 호수 주변으로 전기 자동차가 관광객들을 태우고 다니며 가이드를 해 준다.

　호수를 가로지르는 다리를 건넌다. 걸어가기에 상당히 먼 거리다. 자전거로도 한참을 달려야 건널 수 있다. 호수를 따라 주변

신나는 음악과 함께 춤을 추는 사람들

을 돌며 간간히 멈춰 사진도 찍고 꽃도 사람들도 구경한다. 아름다운 곳임에는 틀림이 없다. 그런데 '정말 내 마음도 이만큼이나 기쁘고 즐거운가?' 하는 생각이 불현듯 든다. 아무리 좋고 아름다운 곳을 본다 하더라도, 또 그곳에 서 있다 하더라도 그것을 온전히 느낄 마음의 준비가 되지 않았다면 그 느낌은 감소될 수밖에 없다.

며칠 전에 어머니께 메시지가 왔다. 누나가 곧 결혼할 예정이란다. 그렇지 않아도 이 여행을 떠나기 전에 서울에서 누나의 남자친구를 잠깐 만난 적이 있다. 첫인상이 매우 좋았던 기억이 난다.

그때의 남친이 매형이 될 예정인가 보다. 상견례까지는 아니어도 누나 결혼식 전까지는 한국에 들어오라는 게 어머니의 주문이다. 물론 세상에 하나뿐인 누나의 결혼식에 참석하는 게 당연지사. 본의아니게 나의 여행 일정이 줄어들 것 같다. 이제 한국에 들어가면 당분간 다시 나오는 건 무리일 듯싶다. 나에게 닥쳐올 새로운 시간들에 맞서야 하기 때문이다.

이런저런 생각들을 하다 보니 어느덧 호수를 한 바퀴 돌아 숙소 근처다. 빌렸던 자전거를 반납하고 숙소에 들어가 먼지 쓴 몸을 씻는다. 오후에는 숙소에 앉아 그동안 못했던 사진 작업을 한다. 유진 형님께 보내 드릴 사진들, 그리고 여행에서 만난 사람들에게도 몇 장의 사진을 보낸다.

불과 얼마 지나지 않은 시간들임에도 아련하고 아름답다. 내가 지나왔던 곳들, 내가 먹었던 음식들, 그리고 내가 만났던 모든 사람들과 시간들이 고스란히 사진에 담겨 있다. 요즘 사람들이 잘 이용하는 외장하드처럼 사진은 어쩌면 나에게 하나의 작은 외장하드와도 같다. 사진첩에 사진을 하나씩 꽂아 간직하듯 그리고 문득 생각날 때면 한 번씩 열어 보듯, 나의 기억들도 사진에 담겨 그렇게 차곡차곡 쌓여 간다. 모든 것을 다 기억할 필요가 없듯이 모든 것을 다 사진으로 남길 필요는 없다. 그러나 기억하고 싶고 소중한 시간들까지 잊히는 것은 못내 아쉬운 마음이 든다. 수년 혹은 수십 년의 시간이 지나고 나서 다시 지금 이 순간의 사진을 꺼내 본다면 그때의 느낌은 어떨까.

배가 고프다. 녹차를 마시면서 그동안의 사진에 다시 눈을 고정시킨다.

#66 항저우에서 며칠을 더 묵을지 고민하다 더 이상 룸 메이트의 야간 합주를 들으며 잠을 청하기가 어려울 것 같다는 생각에 아침에 일어나 짐을 싼다. 네팔 안나프루나에서 잘 사용했던 침낭이 더 이상 필요하지 않을 것 같다. 중고로 배낭과 함께 산 작은 침낭이다. 이제 날씨도 그렇게 춥지 않고 숙소마다 이불이 있기에 여기에서 처분하기로 결정한다. 비록 작은 물건이지만 그래도 추운 날 함께했던, 여행에서 요긴하게 잘 사용했던 침낭이라 더 정감이 묻어 있다. 매장 직원에게 혹시 필요한 사람이 있으면 건네주라는 말과 함께 작별 인사도 할 겸 사진으로 한 장 남긴다. 고마웠어! 침낭아!

오늘은 여행 중에 만났던 친구가 있는 난창이란 곳으로 이동할 계획이다. 인근 지하철역까지 걸어간다. 다행히 며칠 전 중국에서 사용 가능한 중국 지도 앱을 설치한 덕에 길 찾는 것이 훨씬 수월하다. 다른 나라에서 사용했던 구글 맵을 중국에서는 사용할 수가 없어 매우 불편했다.

가서 보니 지하철역에 기차역이 바로 붙어 있다. 혹시 저기에서 바로 남창으로 갈 수 있지 않을까 하는 생각에 기차역으로 올라가

안녕, 침낭아! · 웰컴 투 항저우!

본다. 외국인 전용 창구로 가면 사람이 더 적어서 훨씬 빨리 티켓을 구할 수 있다. 이런 정보도 알게 된지 얼마 되지 않았다. 그런데 거기에서 한국 사람을 만났다. 두 명의 남자인데, 그것도 내가 살던 옆 동네 사는 친구들이었다. 중국에서 옆 동네 사람을 만나다니. 서로가 너무나 신기해하며 이런저런 이야기를 주고받고 사진도 찍고 서로의 좋은 여행을 빌어주며 인사를 나눈다.

　그들이 알려 준 정보에 의하면 여기에서는 기차는 출발하지 않는단다. 대신에 티켓은 살 수 있단다. 익숙하게 티켓을 사고 지하철을 타고 항저우 동기차역(?)으로 향한다. 아시아에서 가장 큰 기차역이란다. 정말로 거짓말 좀 보태서 기차역이 인천공항만 하다. 얼마나 넓은지 반대쪽 끝이 보이질 않는다.

　남창, 가이드북에 단 3쪽에 불과하고 볼거리가 없다고 나온 곳,

남창에 머물게 되면 불행하다고까지 묘사되어 있지만, 상관없다. 그곳으로 달려가 보자.

시속 300㎞가 넘는 기차로 눈썹 빠지게 신나게 달려왔다. 오는 도중에 영화를 한 편 보니 금방이다. 중국은 정말 다 크고 넓다. 난창 기차역도 엄청나게 크다. 아주 잠깐 동안이었지만 옆자리에 앉아서 같이 온 아주머니가 손을 흔들며 사라지신다. 나도 웃는 얼굴로 두 손을 모아 감사의 마음을 전한다.

기차에 내리니 봄비가 내린다. 이제 어디로 가지? 일단 친구가 있는 대학교로 향한다. 익숙하게 중국 지도 앱을 통해 버스를 환승해 가며 도착! 주변은 이제 한참 개발 중이라 온통 흙밭이다. 학교는 그 버스의 종점이었다. 어쩌면 당연히 종점일 수밖에 없다. 그 너머로는 아무것도 없이 휑하니 도로만 놓여 있을 뿐이다. 그

정말 큰 항저우 기차역이다

수출???

러나 10-15년 뒤면 여기도 엄청나게 발전될 것 같았다.

나중에 들으니 중국의 소수민족들이 다니는 대학교란다. 90% 이상이 소수민족이고 나머지는 중국 본토 사람들이란다. 학생은 총 4만 명 정도. 실로 엄청난 수다. 친구에게 여기에 나만큼 나이 많이 먹은 친구가 있냐고 물으니 학생 중에는 없단다. 그렇겠지, 당연한 걸 물은 내가 이상하다. 소수민족 중에는 무슬림도 있어서 그들이 가는 식당은 따로 있단다. 무튼 아파트 같이 엄청나게 큰 기숙사들이 끝도 없이 보이고 그 안에는 교실이 있다. 네팔에서 만난 뒤로 한 달이 넘는 시간 만에 만나서인지 너무나 반갑고 신기했다. 여행에서 만났던 친구를 다시 만나는 건 정말 새롭고 즐거운 일이 아닐 수 없다. 그런데 너무 무작정 왔나 보다.

일단 아직 내가 숙소를 잡지 못했고 그래서 내 등에는 매직가방이 달려 있다. 여기서 시내는 꽤나 멀기 때문에 자주 왕래하지 않는단다. 보통 금·토·일요일에만 시내에 나간다고. 학교 앞에는 눈에 들어오는 숙소도 없고 작은 식당들만 보인다. 나는 잠시 고민하다가 그래도 학교까지 왔는데 구경시켜 달라고 친구를 조른다.

학교는 정말 넓었다. 이곳저곳을 구경하고, 지나가는 학생들도 만난다. 내친김에 강의실까지 들어가 본다. 수학시간이란다. 중국말로 열심히 강의하시는 교수님과 잠깐 눈이 마주치기는 했지만, 나를 중국 학생으로 아셨는지 다시 수업에 열중하신다.

중국에 있는 대학교까지 와서 수학수업도 듣고, 학교 식당에서

대학교 수업시간. 수학시간이었다

같이 밥도 먹고, 그렇게 친구와 인사를 나누었다. 여느 가이드북
에 나와 있지도 않은 이 작은 시골 이름도 모르는 대학교에서의
시간이 나에게는 너무나도 매력적이었다.

이제 난창을 좀 둘러볼까?

이런저런 생각을 하며 산책하기 참 좋은 곳이었다. 등왕각(텅왕거)

#67 긴장하고 잠을 청해서였을까. 아니면 어제 저녁에 먹은 두부김치와 막걸리가 너무나 맛있어서였을까. 한참 자다 눈을 떴는데 새벽 2시다. 두 시간만 더 있다가 일어나야 한다. 난창에서의 마지막 날이다.

오늘은 아침 7시 비행기로 쿤밍으로 향한다. 애초 계획은 상해로 다시 돌아가 내륙을 가로지르는 기차를 타고 이동하려 했는데 몸 상태도 그렇고 너무나 먼 거리여서 청두와 그 주변 일대를 포기하고 바로 쿤밍으로 향하기로 결정했다. 그 이후의 일정은 쿤밍과 주변을 여행하고 나서 결정하기로 했다.

어머니께 누나의 결혼으로 조기 귀국하라는 명령을 하달받은 이

할아버지의 연주를 유심이 듣고 있는 한 소녀의 모습

후, 내 머리는 다시 복잡해지기 시작했다. 여행 일정부터 기간, 그리고 한국에 돌아가서 어떻게 지내야 할 것인지, 어디에서 지내야 할 것인지 등등 그동안 잠잠했던 흙탕물이 뒤집어진 것 같다. 일단 집에서는 지내기가 어려울 것이고, 아무래도 나 스스로 독립을 해야 할 텐데, 그게 말처럼 쉽지가 않다. 가진게 아무것도 없는 내가 무슨 수로 독립을 한다는 말인가.

그래도 어떤 대중가요의 '이 넓은 곳에 살 집 하나 어디 없겠니, 더 힘든 길도 난 저 철벽도 뚫어.'라는 가사를 되새기며 마음을 진정시켜 보기도 한다. 그래, 걱정은 조금 더 미뤄도 된다. 지금은 여행에 충실하자!

고민 없는 사람은 이 세상에 단 한 사람도 없다. 단지 누가 더 고민이라는 고리들의 사이를 벌리느냐 그렇지 않느냐의 차이가 있을 뿐. 급할수록 돌아가고, 복잡할수록 단순하게 생각하고, 힘들수록 웃음을 짓다 보면 뭔가 또 내가 생각하지 못했던 구멍들이 보일 것이다!

이런저런 생각들까지도 함께 배낭에 집어넣는 대신 불필요한 짐은 줄여 나간다. 상해와 주변 도시에서 잘 사용했던 가이드북도 이제는 안녕을 고할 때이다. 늘 그렇듯이 떠나보내기 전 한 장의 사진을 남긴다. 앞뒤표지가 너널너덜해지고 여기저기 많이 해졌다. 그래도 이놈 덕분에 많은 도움을 받았다. 물론 중간중간 잘못된 정보들이 나를 당황스럽게 만들긴 했지만.

이제는 새로운 책을 펼칠 차례다. 워낙 두꺼운 중국 가이드북을

저녁노을

저 멀리 화려한 불빛의 등왕각(텅왕거)이 보인다

분권해 왔고, 도시들을 클리어(?) 할 때마다 하나씩 버리고 또 새
로운 장소의 책들을 펼친다.

　갑자기 난데없이 초인종이 요란하게 울린다. 짐을 싸다 말고 깜
짝 놀란다. 처음엔 택시기사인 줄 알았다. 아침 5시는 너무 이른
시간이라 버스가 없다는 말을 듣고 어제 저녁 카운터에서 공항으
로 가는 콜택시를 부탁했기 때문이다.

그런데 알고 보니 택시기사가 아니라 그냥 숙소 직원이었다. 내 생각에는 그들이 나의 말을 5시에 깨워 달라는 것으로 이해한 것 같다. 한참 동안 보디랭귀지를 통해 알아낸 사실은 콜택시가 안 된다는 것. 아, 그럼 어디에서 택시를 잡아야 하나. 아직 어두운 길거리에는 개미 한 마리 걸어 다니지 않는다. 그러자 숙소 직원은 곧 거리로 나가 한참을 서성이더니 한참 만에 반대쪽으로 지나가는 빈 택시를 큰소리로 불러 세운다. 한참동안 이야기를 나누고 다시 돌아오더니, 원래는 85원인데 새벽이라 택시기사가 100원을 달라고 하는 모양이다. 선택의 여지가 없는 나는 일단 알았다고 한다. 나는 고맙다는 인사말과 함께 공항으로 향한다. 처음에는 가까운 거리인줄 알았는데 택시로 한참을 달린다.

난창 공항은 국제공항은 아니고 국내선만 있는 공항이다. 그래도 제법 크다. 사람이 별로 많지 않아 별다른 시간 소요 없이 티케팅을 하고 비행기에 오른다. 아주 작은 비행기다. 그래도 날씨가 좋으니 별 탈이 없겠지.

너덜너덜해진 가이드북도 이젠 안녕!

Bye Bye, 난창!
즐거웠어. 또 보자고!

아침 체조를 하는 어느 식당의 직원들　　　　　　　　　　취호공원

#68　　'사진이 무엇이냐고 누군가 내게 묻는다면 뭐라고
답할 수 있을까?'라는 생각을 종종 한다. 사진은 빛
으로 그리는 그림이고, 사진은 기억이고, 등등…….

　그런데 사진은 결국 '나'다. 물론 내 사진에 내가 찍히는 건 아니
다. 비록 내 모습이 찍히지는 않지만 나의 시간, 나의 장소, 나의
공간, 시선, 생각, 느낌, 상태, 숨결, 에너지 등 나의 모든 것들
이 그 안에 공유된다. 그래서 사진은 곧 '내'가 아닐까.
　사진에 대한 나만의 개똥철학이다.
　이런 생각을 하며 쿤밍에 도착했다. 다시 또 얼마나 예상치 못
한 아름다운 시간들이 나를 기다리고 있을까. 반갑다, 쿤밍!

취호공원에 있는 어떤 상점의 내부가 인상적이다   버스에서는 항상 긴장을 놓을 수 없다

쿤밍에서의 밤이 깊어 간다

다 보여 주지 않아도 우리는 꽃이란 것을 안다

우리 각자의 마음도 다 보여 줄 수는 없지만 아름답다는 것을 알 수 있다. 꽃처럼

아름다운 저녁노을

석림으로 가는 버스터미널

#69 오늘은 석림(石林)이란 곳에 가 보기로 한다. 아침을 간단히 챙겨 먹고 사진기와 삼각대를 둘러업고 숙소를 나선다. 가이드북 말씀하시길, 9시 55분이 막차. 그런데 지금은 9시 33분! 버스를 포기하고 택시를 잡아탄다. 엎친 데 덮친 격, 길까지 엄청 막힌다. 게다가 내가 시간이 촉박해 보이고, 외국인처럼 보여서 그러신 건지 기사님께서 친절하게 미터기도 누르지 않으셨다. 이런……. 대강 돈을 후하게 쥐어 주고 급하게 내린다.

가이드북에 따르면 기차역 앞에 버스터미널이 있다고 했는데 도통 어디가 어딘지 도무지 모르겠다. 이리저리 급한 발걸음을 옮겨 본다. 여기도 아니란다. 저기도 아니란다. 이런!! 그런 어디란 말인가!!

무작정 기차역으로 다시 향한다. 경찰한테 묻고 지나가는 아저씨를 붙잡고 묻고, 묻고 또 묻고. 무슨 탐문수사관 같다. 주변 인물들의 증언들을 모아 범인을 찾아가는. 수십 번을 물었을 때, 나는 전혀 다른 곳에 와 있었다. 어떤

레이서 출신(?) 아주머니

아저씨가 기다리란다. 정말 버스가 오긴 오는 걸까. 이미 10시가 훌쩍 넘었다. 무작정 그냥 기다려 본다.

얼마가 지났을까. 아저씨가 한 버스를 손가락으로 가리킨다. 저건가 보다!! 한걸음에 달려가 기사 아저씨께 책부터 들이민다. 맞단다. 도착하기까지 시간이 얼마나 걸리느냐고 여쭤 보니 아저씨가 손가락으로 두 개와 다섯 개를 보여 주신다. 25분은 아닐 테고, 2시간 5분? 아니면 2시간 50분??? 아마도 가이드북에 나온 버스는 직행버스이고, 이건 그냥 시내버스인데 돌고 돌아 거기까지 가나 보다.

버스가 한참 뒤에 시동이 걸린다. 제대로 도착할 수 있을까. 쿤밍에서의 모험이 시작된다. 내 맘속에 한 가지 생각이 떠오른다. "무식하면 용감하다. 그러나 손발이 고생이다."

아! 아저씨 손가락의 비밀이 풀렸다. 25분이었다. 갑자기 버스

돌이 정말 신기하다

기념사진을 찍는 관광객들

가 멈추더니 모든 사람이 내린다. 갑자기 기사 아저씨께서 나를
보고 내리란다. 알고 보니 여긴 쿤밍 동버스터미널. 아, 여기에서
석림 가는 버스가 있는 거구나! 매표소에 보이는 반가운 두 글자
'石林'. 아, 여기가 맞다! 사람도 엄청 많이 간다. 가족, 연인, 관
광객, 여행객 등등. 그리고 보니 오늘은 토요일!

　중국은 지하철역도 그러더니 버스터미널에서도 입장할 때 어김
없이 공항수색대처럼 짐을 검사하는 곳이 있다. 뭐 그렇게 심각
하게 검사하는 분위기는 아니다. 버스 대기 줄이 엄청나다. 그런
데 그 엄청난 줄들이 한 줄이 아니고 여러 줄이다. 뭐지? 일단 줄
을 서 본다. '석림' 글자가 안 보인다. 그런데 저기서 어떤 사람들

석림의 입구

은 표를 보여 주고 그냥 바로바로 통과다. 저긴 뭘까. 이미 내 뒤
로도 어느새 많은 사람들이 줄을 섰다.

3초간 고민하다 과감히 줄에서 빠져나와 그쪽으로 향한다. 표를
보여 주니 나도 무사통과! 하마터면 아까운 시간만 낭비할 뻔했다.
왜 통과가 됐는지는 모르지만 어쨌든 행운이다. 드디어 석림행 버
스 탑승 완료! 아침에 여기저기 헤맨 덕분에 동터미널이 어디에 있
는지도 알게 되었다. 이제 진짜 석림으로 가 보자! 뒷자리 어머니
께 여쭈니 40분 걸린단다. 모로 가도 서울로만 가면 된다 하지 않
는가. 잘 가고 있는 듯하다. 기특하다. 나란 사람! 나는 여행자!

그런데 40분이 아니다. 1시간 반이 지났는데도 아직도 달리고 있

다. 그래도 느낌은 거의 다 온 듯하다. 오는 도중에 열 명의 가족인지 친척인지 모를 일행이 나에게 새우과자 같은 것도 나누어 주셨다. 내가 한국 사람인지 아신 듯하다. 생면부지의 사람이고, 앞으로 다시 만나지도 않을 지극히 짧은 인연이지만, 시골 마을을 달리는 작은 버스 안에서의 더 작은 나눔이 내 삶과 시간을 꽉 채우고도 남는다. 과자도 나누고 함께 배려하며 그렇게 석림에 가까워지고 있었다. 거의 두 시간이 다 돼서야 도착했다. 그런데 내리고 보니 생각했던 매표소는 안 보이고 식당만 보인다. 이건 뭐지? 점심시간이라 식당에 내려 준 건가? 눈을 씻고 찾아봐도 매표소 비슷하게 생긴 곳도 보이지 않는다. 무작정 걸어 본다. 도착해도 끝이 아니구나!

길을 가는데 지나가는 어떤 아저씨가 말을 붙여 온다. 아마 어디를 찾고 있냐고 물어보시는 듯 하다. 또 걷다 보니 경운기 같이 생긴 걸 타고 계신 어떤 아주머니가 말을 걸어온다. 느낌상 매표소가 멀기 때문에 이걸 타라는 것 같다. 하지만 내가 누구인가. 인도에서 단련된 여행자 아닌가! 나는 느낌상 일단 타면 무조건 돈을 요구할 것임을 직감으로 안다.

사양하며 계속 걷는다. 그래도 계속 쫓아오신다. 못 이기는 척 속는 셈 치고 올라탄다. 아주머니가 아주 레이서다. 하마터면 길바닥으로 떨어질 뻔했다. 한 300-400m나 갔을까. 엄청 큰 매표소와 엄청난 사람들이 보인다. '아! 저기구나.' 나는 아주머니께 공손히 두 손 모아 '쎄쎄(중국말로 감사라는 뜻)' 한 후 가려는데, 아니나 다를까. 돈을 달라신다. 나는 연신 웃으며 못 알아듣는 척 매표소로 안으로 능숙히 몸을 숨긴다.

들어가 보니 엄청난 사람들이 엄청난 줄을 서서 기다리고 있다. 어떤 줄은 길고 어떤 줄은 짧다. 이건 뭘까. 일단 짧은 줄에서 표를 산다. 그리고 밖으로 나가 사람들이 모여 있는 곳으로 간다. 그런데 뭔가 이상하다. 가만히 보니 사람들이 들고 있는 표와 내 표가 다르다. 뭐지? 알고 보니 내가 산 표는 석림 입장권이고, 이 사람들은 거기까지 가는 전동차 표를 또 가지고 있는 것.

아! 내 손발에게 미안한 마음을 가지며 다시 매표소로 돌아 가서 아까 긴 줄이 서 있던 곳으로 간다. 그곳이 바로 전동차 표를 파는 창구였던 것이다. 다시 밖으로 나와 긴 줄을 서고 전동차에 올라탄다. 정말 1-2㎞는 족히 들어가는 것 같다. 다행히 오늘 날씨가 좋고 그래서 불행히도 사람이 엄청나게 많다. 그중에는 한국인 단체 관광객도 보인다. 사람들이 붐비는 곳에서 좀 떨어진 한적한 곳에 올라 멀리 석림의 전경을 바라본다. 정말 멋지다. 설령 인간이 이런 것을 만들 수 있다 해도 더 멋지게 만들지는 못할 것이다. 아름답고 웅장한 자연 앞에서 겸손해지는 마음까지 든다. 멀리 돌 사이로 보이는 사람들이 알록달록 난쟁이 같아 보인다.

얼마나 돌아다녔을까. 너무 넓어서 어딜 가고, 어딜 가지 않았는지 알 수도 없다. 길 중간중간에 지도가 있긴 하지만, 봐도 모르겠다. 점심도 건너뛰고 해서 배도 고프고 목도 마르다. 무작정 사람들이 많이 걸어가는 쪽으로 따라 걷는다. 느낌상 출구 쪽인 듯하다. 오후가 한참 지나가고 있는 지금 시간에도 입장하는 사람이 꾸준하다.

전동차가 맨 처음에 버스에서 내린 곳까지 데려다 준다. 버스를 타기 위해 건물로 들어가니, 아까 새우 과자를 준 일행도 버스를 기다리고 있다. 나를 반갑게 맞아 준다. 나에게 친절히 매표소도 알려 주고 다녀올 동안 내 짐도 지켜 주겠단다. 아! 너무나 감사하다.

쿤밍으로 돌아가는 버스는 6시가 막차다. 그리고 신기하게 표에 버스 번호를 적어 준다. 버스 인원이 넘치지 않게 하기 위해서다. 그러니 꼭 그 번호의 버스에 탑승해야 한다. 쿤밍으로 간다고 해서 아무 버스나 타면 안 되는 것이다. 이것도 그 일행이 알려 준 것이다. 버스가 출발하기 무섭게 길이 엄청나게 막힌다. 얼마가 걸릴지 알 수가 없다.

몇 번을 자다 깨다를 반복하고서야 다시 돌아온 쿤밍 동터미널. 이제 쿤밍 시내로 들어가야 하는데, 타고 왔던 시내버스는 보이지가 않는다. 다른 시내버스를 찾아보니 한참을 돌아 한 시간이 넘게 걸린단다. 아, 이런! 차로는 20분밖에 걸리지 않는 거리를 얼마나 돌아간다는 것인가! 이래저래 갈팡질팡 서성이고 있는데, 작은 미니버스 옆에서 어떤

요금이 두 배나 비싼 2층 버스

아주머니 한 분이 목이 터져라 뭐라 뭐라 외치신다.

느낌상 사람들을 모아서 쿤밍 시내로 가는 버스다. 엄밀히 말해서 정식 노선의 버스는 아니고, 그냥 나같은 사람들을 모아서 돈을 받고 데려다주는 개인 버스다. 아주머니께 가서 지도를 보여드리니 타란다. 맞구나! 곧 타이어가 빠질 것만 같이 생긴 버스에 엄청나게 많은 사람들이 빼곡히 찼다. 지나가는 사람들을 무조건 태우는 아주머니. 사람들의 짐가방을 마구잡이로 가져와서 트렁크에 싣고 본다. 아주머니의 카리스마가 철철 넘친다. 아마도 운전하는 아저씨랑 부부신가 보다.

얼마나 지났을까. 드디어 타이어가 굴러간다. 생긴 것과는 다르게 엄청 잘 달린다. 순식간에 쿤밍역에 도착했다. 중간중간 몇몇 사람이 내리긴 했지만 거의 대다수가 역에서 내린다. 배도 고프고 가이드북에 나온 역 근처 일본 라면집을 찾아가 보기로 한다. 내가 가진 정보는 달랑 지도에 찍힌 점 하나. 그리고 식당 이름. 한참을 돌아다녀도 도저히 못 찾겠다. 식당이 없어진 건지 내가 못 찾는 건지 알 수가 없다. 한참을 뱅뱅 돌다 결국엔 포기하고 숙소로 발걸음을 돌리기로 한다. 숙소로 가면서 처음으로 이층 시내버스를 탔다. 당당히 올라서는데 아저씨가 뭐라 하신다. 보통 버스는 1원인데 이건 2원이란다. 이층이라서 두 배나 비싸나 보다.

오늘도 쿤밍의 화려한 거릴 지나며 그렇게 나의 길고 길었던 하루도 마무리되어 간다.

쿤밍! 너, 매력적이다!

 # 70 본래는 오늘이 체크아웃 하는 날이다. 그런데 쿤밍
에서 2박을 더 하기로 결정한다. 숙소도 저렴하고,
이대로 떠나기엔 아쉬움이 남을 것만 같아서다. 오늘도 날씨가 좋
다. 정말로 중국의 '꽃의 도시, 봄의 도시'라고 불릴 만하다. 오늘
은 '구형풍경구'라는 곳으로 가 볼 예정이다. 아침부터 든든히 배
속에 기름을 채우고 자, 출발!

동터미널까지 환승해서 가야 한다고 숙소 안내판에 친절하게
붙어 있지만 어제의 경험을 바탕으로 한 방에 도착! 익숙하게 표
를 사고 바로 이량행 버스에 탑승! 벌써 11시 반이다. 돌아오는 막
차가 5시 30분이라는데 이거 혹시 못 돌아 오는 건 아닌지. 오늘도
부지런히 움직여야겠다! 사람을 한가득 실은 버스가 이제 달린다!
이량까지 정확히 한 시간이 걸린다. 대략 60㎞의 거리다. 가이드
북에서는 21번 버스를 타야 한다고 쓰여 있지만 정작 매표원은 다
른 티켓을 주는 것 같다. 아마도 21번은 중간중간 멈추는 완행이
고, 매표원이 준 티켓은 바로 이량 터미널까지 직통인가 보다. 이
량에서 다시 티켓을 구매해서 작은 버스에 오른다. 제대로 가고 있
는 거 맞겠지? 그래도 버스에 타고 있는 사람들이 놀러가는 복장
인 것 같아 마음이 놓이긴 한다. 그런데 아까 매표소 유리창에 붙
어 있는 버스 시간 안내문을 급하게 찍어 왔다. 왠지 그래야 할 것
같은 느낌……. 중국 친구에게 그 사진을 보내 해석을 부탁하니 쿤
밍 가는 막차가 8시란다! 앗싸!!! 시간이 바뀌었는지 가이드북의

버스 옆자리에 타신 할머니의 주름진 손등

정보와 다르다. 아, 이제 걱정 놓고 편하게 구경할 수 있겠다. 8시까지만 오면 숙소로 돌아가는 건 문제가 없기 때문이다.

가벼워진 마음으로 시골길을 시원스레 달린다. 버스에서 중국 노래들이 흥겹게 나오더니 곧 Don McLean의 〈Vincent〉가 흘러나온다. 중국의 작은 마을을 달리고 있는 작은 버스, 그리고 그 안에 타고 있는 작은 나는 지금 창밖에 시원한 바람을 맞으며 기분 좋음을 느낀다. 갓난아기 웃음소리부터 할아버지의 쭈글쭈글한 얼굴의 미소까지, 모두가 그렇게 기분 좋은 덜컹거림을 따라 달린다.

한 시간이 지나자 '구향'이란 마을에 도착했다. 여기가 종점인가 보다. 사람들이 내린다. 그런데 계속 타고 있으면 이 버스는 길을 돌려 이제 다시 '구향풍경구'로 가는 시스템이다. 5분 만에 금방 도착했다. 아, 기대가 된다. 매표소에서 티켓을 구입 후 곧장 입구로 들어간다.

역시 '대륙'이다! 우리나라에 있는 유명 동굴들과는 급이 다르다. 어찌나 넓던지 동굴 안을 돌아다니다 지쳐서 석주가 될 뻔했다. 들어가기 전에 배를 채우지 않은 것이 큰 후회가 되었다. 돌아다니는 내내 입이 다물어지지 않는다. 정말 사진으로 모두 담을 수도, 말로 다 표현할 수도 없는 장관의 연속이었다. 하지만 가이드북의 지적처럼 너무 화려한 조명들이 인공적인 느낌을 주는 건 사실이었다. 어디를 가든 대부분의 관광지들이 가지고 있는 안타까움인 듯하다. 그럼에도 자연의 신기함과 웅장함을 온몸으로 느낄 수 있는 시간이었다. 그렇게 엄청난 자연에 넋이 나간 채 한참을 돌아다녔다. 역시나 너무 넓어서 내가 전부를 다 보고 나온 건지도 알 수가 없다. 반나절이 훌쩍 지났다. 이제 다시 쿤밍으로 가자!

구향에서 이량으로 가는 버스에 올랐다. 한참이 지나서야 버스가 움직인다. 왔던 것처럼 구향에 들러 사람을 태우고, 가는 중간중간에 멈추어 사람들이 오르고 내린다. 그러던 중 어떤 엄마와 어린 딸이 버스에 올랐다. 그런데 자리가 없어 서서 가야 할 판. 내가 어머니를 콕콕 찔렀다. 그리고 손으로 아이를 가리켰다. 아

아름다운 자연과 시원한 계곡물이 기분까지 좋게 만든다

이를 내 무릎 위에 앉혀도 괜찮겠느냐고 묻는 것이다. 어머니는 딸을 한 번 쳐다보더니 나에게 보낸다. 한 4살이나 됐을까. 예쁜 친구는 아무 군말 없이 그렇게 내 무릎버스를 타고 한참이나 가서 내렸다.

또 옆에 한 친구가 나에게 말을 걸어온다. 역시나 내가 알 턱이 있나. 나는 "항궈 항궈" 하며 한국 사람임을 알렸다. 그러자 주변 사람들이 동시에 나를 쳐다본다. 그때부터 도착할 때까지 이런저런 이야기를 나누며 왔다. 그런데 그 친구가 자기랑 저녁을 먹자는 것이다. 자기가 다니는 학교 근처에 맛집이 있다면서. 나는 쿤밍으로 가는 버스만 타면 된다고 말했다. 뜻하지 않게 이량 구경을 하게 될 것 같다. 이량에 도착해서 우리는 함께 학교를 구경한다. 대략 2천명 정도의 학생이 다니는데, 주말에는 집으로 가고 일요일 저녁이 되면 다시 학교로 돌아온단다. 일찍 돌아온 남학생들은 농구에 열을 올린다. 17살인 그 친구의 이름은 '호홍린' 그의 꿈은 선생님이 되는 것이다. 우리는 학교 바로 옆 한 식당에서 '투더우'라는 감자가 얇게 썰어 들어간 볶음밥을 주문한다. 맛이 괜찮다.

친구가 중국 돈 10원을 거슬러 줄 수 있냐 묻는다. 나에게 잔돈이 있어 바꿔 주려 하니 아니란다. 알고 보니 중국 돈 10원 정도에 해당하는 한국 돈이랑 바꾸자는 것이었다. 한국 돈을 가지고 싶었나 보다. 나는 몇 장 없는 귀한 천 원 지폐 하나를 건넨다. 그가 중국 돈을 건네려 하자, 나는 웃으며 말린다. 그도 곧 수업이고,

가방을 맨채 주문하고 있는 친구가 '호홍린'이다

나도 다시 터미널로 가야 하기에 서둘러 일어선다.

너무나 짧은 순간의 인연이다. 그래도 서로에 대해서 묻고 이야기하며 우리는 그가 말한 대로 '친구'가 되었다. 언제 다시 만날지 아무도 모르지만, 이 모든 시간과 추억을 한 장의 사진에 담는다. 꼭 그가 훌륭한 선생님이 되길 바라면서.

이량에도 어둠이 조금씩 깔리기 시작한다. 서둘러 쿤밍으로 돌아가자!

#71 오늘은 쿤밍에서의 마지막 날이다. 내일 오전에 약
간의 휴식을 취한 후, 따리로 이동할 계획이다. 그
냥 오늘 체크아웃을 하고 오후나 밤늦게라도 이동할까도 생각했
지만, 그렇게 촉박하게 움직일 필요가 없다는 생각에 차분히 이동
하기로 한다. 지금은 운남 민속촌으로 향하고 있다. 가이드북과
는 다른 더 효율적인 루트를 찾아 이층 버스로 이동 중이다. 중국

용문(龍門)에서 바라본 쿤밍의 모습

역시 버스노선이 잘되어 있는 듯하다. 오늘도 여전히 날씨가 화창하다. 서산용문이라는 절벽에 만든 사원에도 갈 예정이다. 기대가 된다.

나만의 쿤밍 투어 스타트!

뒤에 조용히 앉아 한참동안 그의 음악을 들었다

여러 관광객들과 함께 즐거운 노래 맞춰 춤을!

쿤밍의 밤거리가 어느덧 익숙하고 정겹게 느껴진다

#72 쿤밍에서의 마지막 아침을 여유롭게 보내고자 이불 속에서 안 나오겠다고 결심을 하였건만, 중국인 룸메이트들의 부지런한 움직임에 아니 일어날 수가 없다. 그래도 여유로운 아침을 보내야지. 느긋하게 씻고, 느긋하게 아침을 먹고, 더 느긋하게 커피 한 잔을 먹고 나서야 슬슬 배낭을 챙겨 본다.

날씨가 엄청 좋다. 오전인데도 뜨겁다. 겉옷을 모두 배낭에 넣는다. 숙소를 나왔는데 11시도 채 되지 않았다. 따리까지는 대략 5시간, 저녁 전에 도착하니 숙소를 잡는 것도 무리가 없을 것이다.

짐을 조금씩 줄여 나간다고는 하지만 배낭의 무게는 왜 그대로일까. 배낭은 여전히 17kg을 오간다. 사진기 장비까지 더하면 20kg은 족히 나갈 듯하다. 작은 쌀가마니를 들고 다니는 나. 정말 다 던져 버리고 작은 배낭 하나만 들고 돌아다니고 싶은 마음이 굴뚝이다. 여행 막바지가 되면 정말로 그렇게 해 보리라 마음을 먹지만, 삼각대와 사진기는 여전히 애물단지다.

살아 있는 동안에는 절대 벗을 수 없는 짐이 있다는 말을 어디선가 들은 것 같다. 마치 사다리 같이 생긴 것인데 그 짐이 무겁다 하여 짧게 자르고 자르다 보면, 결국 언젠가 큰 계곡을 건널 때, 그 길이가 부족해 사용할 수 없다고. 그래서 건너갈 수 없다는 이야기. 누구든 자신의 것만을 이용해 그곳을 건너야 한다. 인생에서 숙명적으로 짊어질 수밖에 없는 나의 짐은 무엇일까. 그리고 나는 그 짐을 잘 지고 가고 있을까.

여행은 늘 새로운 곳으로의 떠남이다
늘 자신의 배낭과 함께

오랜만에 맛보는 한국의 맛!

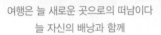

　시내버스를 타고 쿤밍 서터미널로 향한다. 여기 사람들은 적어
도 버스 정류장에서는 질서라는 게 좀처럼 없다. 버스가 도착하면
남녀노소 불문 우르르 몰려든다.

　내가 대한민국 사람이라고 하면 몇몇 외국인 여행자들은 다짜고
짜 성형 이야기부터 꺼낸다. 길거리 광고판에도 태극 모양과 함께
대문짝만한 성형외과 광고를 쉽게 볼 수 있다. 언제부턴가 '성형
왕국'으로 묘사되는 우리나라. 왜 이렇게 된 걸까. 아름다워지고
싶은 건 당연지사. 하지만 이 물골이 조금 다른 방향으로 흘러가
는 것 같아 씁쓸한 맛이 도는 것도 사실이다. 의학기술의 발달은
자랑스러운 일이고, 성형 자체가 나쁜 것은 아니지만, 그래도 이
런 수식어보다 좀 더 나은 수식어로 사람들 기억속에 자리했으면
좋겠다는 생각을 해 본다.

12시 10분 버스를 타고 오후 6시가 다 되어 따리에 도착했다. 버스 좌석도 생각보다 푹신하고 시간도 그리 오래 걸리지 않아 오는 데 큰 어려움은 없었다. 버스에서 내리자마자 호객꾼들이 구름처럼 몰려온다. 하지만 인도에 비하면 신사다. 정중히 손을 내저으면 그러려니 하고 그만한다.

터미널로 들어가 자리를 잡고 앉은 다음 가이드북을 펼친다. 이제부터는 '같은 그림' 찾기 게임이다. 가고자 하는 목적지의 지도 모양을 보고, 중국 내비게이션 앱에서 이리저리 확대하고 축소해 가며 같은 모양을 찾는다. 그리고 거기까지 가는 버스 노선을 찾는다. 그리고 이제부터는 내비게이션의 안내를 받으면, 끝! 지도 앱이 있어 얼마나 편리한지! 참 좋은 세상이다. 어서 숙소로 가자!

근데 뭔가 이상하다. 스마트폰 지도 앱에서 환승하라고 알려 준 곳에 한참을 서 있었지만 타야 할 버스의 번호는 아예 보이지가 않는다. 분명 여기가 맞는데……. 다른 번호의 버스 서너 대가 지나가고 나서야 뭔가 이상함을 확신한다. 그리고 어떤 아저씨에게 여쭈어 보니, 그 번호 버스가 아니고 다른 번호의 버스란다. 이런! 그제야 그 버스를 타고 다시 따리고성으로 향한다.

한참을 달려서 도착한 따리고성. 분위기가 사뭇 다르다. 서울의 북촌과 약간 비슷한 느낌이랄까? 기와집들이 보이고 그 사이사이 골목은 장사하는 사람들, 구경꾼, 여행객들로 북적인다. 가이드북에 나온 숙소 중에 한 군데를 찜해서 찾아가기 시작한다. 그런데 또 뭔가 이상하다. 아무리 지도와 스마트폰을 번갈아 가며 비

노래하는 서양 아저씨의 목소리가 너무나 좋다

교해도 이 자리가 분명히 맞는데 숙소가 없다. 빙빙 돌고 주위 사람들에게 묻고 또 묻고, 가도 가도 없다. 땅으로 꺼졌나, 하늘로 솟았나. 온몸이 땀으로 젖었을 때서야 포기했다. 그리고 근처에 있는 다른 숙소로 들어간다. 그런데 주인아주머니의 말씀, "거기 문 닫았다." 이런……. 가이드북에 소개되어 있는 수많은 숙소 중에 나는 하필 그곳을 택했던 것이고, 그곳은 하필 문은 닫은 것이다. 이런 우연이! 그나저나 일단 숙소를 잡았으니 다행이다. 먼지와 땀으로 젖은 몸을 씻고 그동안 밀린 빨래도 한다. 바람이 많이 분다. 구름도 잔뜩이다.

그래도 오늘 밤은 푹 잘 수 있을 것 같다. 바깥 거리는 여행객들의 소리, 서양인이 연주하는 기타소리가 따리의 밤에 오래도록 울려 퍼진다.

반가워, 따리!
내가 왔어!
너를 만나러!

#73   사월달이 시작됐다. 바람은 조금 불지만 그래도 화창한 날이다. 작은 4인실 도미토리에 아직 나밖에 들어오지 않아 조용하고 편하게 푹 잤다. 오늘은 뭘 할까. 창문 밖을 보니 길 건너에 자전거, 스쿠터를 빌려주는 작은 가게가 있다.

아침으로 먹은 빵과 주스   길거리에서 만난 아저씨의 뒷모습

    그리고 몇몇의 여행자들이 주인 아주머니와 이런저런 이야기를 나누고 있다. 아마 그들도 무엇인가 빌리려나 보다. 그래, 나도 스쿠터를 빌려 호수를 한 바퀴 돌아보자. 자전거로는 5-8시간이 걸린단다. 사진도 찍고 쉬엄쉬엄 구경도 할 겸 스쿠터를 빌리기로 한다. 가게로 가 보니 하루에 70원. 우리나라 돈으로 대략 12,000원 정도. 비싸다. 거의 이틀에 해당하는 숙박료다. 그런데 기름으로 가는 게 아니라 전기 충전으로 가는 전동스쿠터다. 이건 처음 타 본다. 일단 아침을 먹으면서 좀 더 고민해 보기로 한다. 숙소 건너편에 유명한 빵집이 있다. 가서 보니, 다른 외국인들도 여럿 보인다. 빵 하나와 주스 하나로 간단히 아침을 때운다. 오랜만에 빵다운 빵을 먹으니 맛있다. 생각이 채 정리되기도 전에 이미 내 몸은 스쿠터 위에 앉아 악셀레이터를 당기고 있다. 이제 호수로! 달렷!

학교 가는 학생들과 반갑게 인사한다　　　　　　　무언가 열심히 적고 계시는 어르신

　　날씨가 참 좋다. 파란 하늘과 파란 물과 그 사이에 초록의 나무들 그리고 아기자기한 집들. 이리저리 마을 구석구석까지 들어가본다. 학생들, 시장 아주머니들, 아저씨, 할아버지들 그들의 모습이 정말 가깝게 느껴졌다. 어느 학교 근처의 문구점에서 연신 뽑기를 하는 아이들, 그 옆 문짝에 붙여진 우리 욘사마 님의 포스터, 어느 세탁소(?) 안에 아이들이 모여 있길래 빠끔히 훔쳐보니 비디오 게임기와 물아일체(物我一體) 중이시다. 벽에 붙어 있는 칠판에 정성스레 무엇인가 쓰고 계시는 어르신의 뒷 모습까지. 아주 작은 동네지만 그들 나름대로의 아름다움으로 가득 차 있다.

　　이건 호수인지 바다인지 알 수가 없다. 엄청나게 큰 호수다. 자전거로 왔으면 큰일 날 뻔했다. 내 생각에 한 바퀴를 다 돌려면 쉬지 않고 신나게 달려도 8시간은 족히 더 걸릴 것 같다. 이 마을 저

마을들을 들리고, 호수 가장자리로 나 있는 도로를 따라서도 달리고, 시원한 바람과 따뜻한 햇살이 눈에 보이는 모든 것들을 비춘다. 구름이 만든 그림자가 산등성이를 타고 움직인다.

어느덧 시간이 오후로 접어들었다. 가이드북에 소개된 '솽랑'이라는 마을로 들어가 보니, 온통 중국 여행객들이다. 많은 식당들과 보트들이 즐비하다. 건너편에 유명한 섬이 있단다. 그래서 많은 관광객들이 보트를 즐기나 보다. 분식집 같은 곳에 들어가 눈에 보이는 만두와 빈대떡 같이 생긴 것들을 주문했는데, 만두 이외의 다른 음식들에는 역시 입맛의 한계를 느낀다. 비용은 20원. 대충 배를 채웠는데 역시나 느끼하다. 한국에서는 그렇게 자주 커피를 사 마시는 편이 아니지만, 중국에서는 식후 커피가 당긴다. 그런데 커피숍에서 커피가 25원! 이것이 바로 배보다 배꼽이 더 크다고 하는 것. 여하튼 장소도 좋고 날씨도 좋으니 호수를 바라보며 커피 한 잔의 호화를 누려 본다.

얼마나 지났을까, 다시 스쿠터를 타고 달린다. 그런데 스쿠터의 배터리가 생각보다 많이 줄어들었다. 이거 어떡하지? 어디서 충전을 한담? 다행히 솽랑 주위에는 자전거와 전기스쿠터를 빌려주는 곳이 엄청 많다. 그만큼 많은 사람들이 이용한다는 것. 호수를 따라 한참을 가서 어느 건물 밖으로 나온 전기선을 발견! 들어가서 충전이 가능하냐고 물으니 저녁에만 된단다. 외부로 나와 있는 전기선은 저녁에만 사용하나 보다. 내가 난처해하고 있으니, 옆 렌탈샵

어디론가 향하는 초등학생들　　　　　　　　　문구점에 붙어 있는 우리의 욘사마 님

에서 충전이 가능하다고 귀띔해 주신다. 일단 충전을 시켜 놓고 다시 돌아와 그분과 차를 마시며 이런저런 이야기를 나누다 금세 친구가 된다. 한 시간 정도 지났을까. 이제는 됐겠다 싶어 감사의 인사와 함께 다시 출발! 원래는 충전 비용으로 10원을 받는데, 그 친구 덕에 공짜로 할 수 있었다. 그런데 여전히 스쿠터의 계기판이 이상하다. 속도도 나지 않는다. 왜 이러지? 충전이 덜 됐나?

진짜 문제는 이제부터였다. 좀 전의 친구와 메시지를 주고받으며 알게 된 사실! 스쿠터는 적어도 10시간, 혹은 하루 동안 충전

어느 나라든 문구점은 아이들이 지나치기 어려운 유혹거리가 많은가 보다

을 해야 한다고. 고로 한 시간 가지고는 텅 빈 배터리에 기별도 안 찬다는 것. 게다가 나처럼 스쿠터로 호수를 도는 사람들 대부분은 이렇게 방전이 된단다. 나는 그것도 모르고……. 아! 이를 어쩌지? 갈 길이 아직도 한참이다.

배터리가 다시 바닥이다. 게다가 해는 점점 저물고 있다. 가던 길에 어떤 가게에 들어가 다시 충전을 한다. 10원을 주고서. 그러나 이게 충분할 리가 있나. 택시를 부를 수도 없고 근처에서 숙박을 하자니 엄청나게 비싸다. 어떡하지? 정말 큰일이다! 스쿠터를 빌려온 가게는 8시에 문을 닫는데, 벌써 6시가 넘어가고 있다. 아무리 짱구를 굴려 봐도 답이 나올 리가 만무하다. 정말 너무나 미쳐 버릴 만큼 막막하다! 일단 배고픈 스쿠터를 다시 재촉해 본다. 최고 속도가 시속 60㎞인데 50㎞…… 40㎞…… 점점 속도가 준다. 이제는 30km도 간신히다.

결국 스쿠터가 온몸을 털며 발작을 일으킨다. 끝났구나. 절망이다. 무슨 해는 이리도 빨리 떨어지는지! 길에 서 있는 경운기(?) 아저씨에게 달려가 도움을 청했지만 방향이 달라 안 된단다. 절망. 다시 한참을 걸어가다 거의 도로로 뛰어들다시피 뒤에 지나가는 트럭을 잡아 세운다. 그런데 아저씨가 스쿠터가 너무 무거워 들어서 실을 수가 없단다. 그렇다. 정말 무겁다. 사람이 들 수가 없다. 아저씨도 난처한 표정으로 다시 사라지신다. 다시 절망……. 이런 걸 보고 정말 희망이 없다고 하나 보다. 해결책도, 도움 받을 사람도, 아무도 없다. 답답함 그 자체다. 정말로 밤새 시동 꺼진 스쿠터를 끌고 걸어가야 하나?

하늘이 점점 어두워지는 것처럼 내 눈앞도 점점 어두워진다. 큰일이다. 불빛 하나 보이지 않고 오직 호수만 잔잔히 흐를 뿐. 바람도 차다. 너무 춥다. 어제 얇은 바지를 빨고 그나마 조금 더 두꺼운 바지를 입고 나온 것이 그나마 천만다행이다.

얼마나 스쿠터를 끌고 갔을까. 정말 죽으라는 법은 없나 보다. 저 멀리에서 작은 불빛 하나가 보인다. 가까이 가서 보니 여행자 쉼터 같은 곳이다! 완전 어울리지 않은 곳에, 누가 여기에 지었는지는 모르지만 정말 진심을 다해 온몸과 마음으로 감사를 드렸다. 마치 오늘의 나를 위해서 지은 것이 아니었을까! 아! 이렇게 반가울 수가!! 정말 눈물이 날 정도다. 사망하신 스쿠터를 끌고 무조건 안으로 들어간다. 그리고 손짓발짓으로 의사를 전달하고 충전을 시작한다. 여기에서 충분히 충전하지 않으면 이제는 정말 답이 없다. 완전 캄캄한 밤이라 위험하기까지 하다.

그런데 진짜 말 그대로 쉼터다. 아무것도 없다. 파는 건 오직 물과 음료수 그리고 화장실. 이게 끝이다. 점심을 부실하게 먹어서인지 정신이 돌아와서인지 배가 고프다. 핸드폰도 터지지가 않아 번역을 담당하던 앱도 쓸 수가 없다.

손발로 나의 배고픔을 전달한다. 그러니 곧 땅콩도 주시고 호박씨 같이 생긴 것도 가져다주시며 먹는 방법도 알려 주신다. 한쪽에 위치한 방에서는 가족이 지내고 있는 듯하다. 할머니와 엄마 아빠 그리고 5살배기 아이. 배가 고프다고 하니 먹을 것은 팔지 않고 다른 식당에 가야 한다고 말씀하시는 것 같다. 나는 거의 우는 표정으로 돌아선다. 그런데 얼마 뒤 할머니가 나를 끌고 방으로 가서 뭔가를 보여 주신다. 계란이다. 나한테 이거라도 먹겠냐고 물어보시는 것 같다. 나야 당연히 오케이, 무조건 '쎄쎄'를 외친다. 그런데 알고 보니 자기들과 같이 저녁밥을 먹자는 뜻이었다. 곧 할머니께서는 쌀밥을 짓고 계란국을 끓여 주셨다.

아! 얼마나 맛있는지 모른다. 반찬은 무말랭이가 전부다. 그런

정말로 화창한 날씨(이때까지만 해도 곧 다가 올 재앙을 알지 못했다)

데 정말 맛있다. 아저씨는 계속 나에게 밥과 계란국을 떠 주신다. 사양했지만 결국 두 그릇을 가득 먹고서야 일어설 수 있었다. 정말, 죽을 만큼 너무나 맛있다. 미칠 것만 같았다. 오밤중에 길거리에서 저승사자에게 끌려가기 직전, 천사가 극적으로 나타나 날개를 달아준 느낌이다. 이곳 가족들에게 너무 감사하다. 말도 안 통하는 나에게 밥도 주시고 손수 과일도 깎아다 주시고. 정말 잊지 못할 것 같다. 나는 감사함에 빗자루 질을 거둔다. 밤벌레들이 들어와 수북하다.

얼룩말 스쿠터를 타고 신나게!

完全히 캄캄한 밤이다. 밖은 아무것도 보이지 않는다. 나는 언제쯤이나 갈 수 있을까. 여기서 새우잠을 자야 하나. 아니면, 대충 충전을 마치고 출발해야 하나. 그러다 또 바닥나면 어떡하나. 밤이 되니 바람이 더욱 거세진다. 바깥문이 흔들거릴 정도다. 여기에서도 갈 길이 멀다. 정확히 말해서 지금 있는 곳의 정반대편이 출발지이자 목적지인 따리고성이다. 직선으로 물만 건너가면 되는데. 울고 싶다. 스쿠터 가게 아주머니께 전화가 온다. 무슨 말씀인지 몰라 아저씨를 바꿔 드렸더니, 한참을 통화하고서야 끊으신다. 일단 스쿠터 주인아주머니가 안심하신 듯하다. 몇 개 안 되는 벤치에 눕는다. 철판이라 등이 시원하다. 여기에서 적어도 5시간 이상은 충전을 해야 따리고성까지 무사히 갈 것 같다. 운전이 좀 위험하긴 하지만 아무래도 밤늦게나 새벽에 출발해야겠다. 일단 눈을 감는다. 그래도 이렇게 바람 막아 주고, 사람 소리 들리는 가운데 스쿠터를 충전할 수 있음이 얼마나 감사한가! 그것도 공짜 충전에 공짜 저녁까지! 이것이 끝이 아니다. 딱딱하고 차가운 의자에 누워 있는 나를 위해서 담요와 베개까지 가져다주시는 어머니! 벤치가 한결 더 따뜻하고 편해졌다. 어제에 이어 따리에서 잊지 못할, 정말 지옥과 천국을 오간 이틀째 밤이 지나고 있다.

눈을 뜨니 새벽 두시다. 얻어맞은 것처럼 몸이 뻣뻣하다. 스쿠터 충전기는 아직 빨간불이 켜있고, 밤하늘에는 새벽달이 휘영청 밝다. 완전 보름달은 아니지만, 이삼일 뒤면 완전한 보름달이 될 것 같다. 잠이 더 이상 오질 않아 이어폰을 꽂고 음악을 듣는다. 하필 Michael Buble의 〈Home〉이란 노래가 나온다. 나는 왜 지금 이 순간에 '홈'에 있지 않고 이 차가운 벤치 위에 있는 것일까. 물론 모두 다 '내가' 선택한 것들이다. 그래서 원망도 미련도 후회도 없다. 인생에서 가장 큰 원망과 미련과 후회는 아마도 내 삶을 '내'가 아니라 '남'이 살았을 때 생기는 것이 아닐까. 아무리 호화스러운 삶일지언정 '내가' 없는 삶은 행복하지 않을 것이고, 다리 밑에 사는 삶일지라도 진정 '내'가 있다면 이야기는 조금 달라질 것이다.

남녀 간의 사랑을 아름답게 그려 낸〈안녕, 헤이즐〉이라는 로맨스 영화에 이런 대사가 나온다. "상처를 받을지 안 받을지는 선택할 수 없지만, 상처를 누구로부터 받을지는 고를 수 있어요. 난 내 선택이 좋아요. 그 애도 그렇게 생각했으면 좋겠어요." (…) "괜찮아, 그 상처도 내가 선택한 거야."

그래, 괜찮다. 내가 선택한 거니까! 내일 내가 어디에서 잠자고 일어날지 뻔히 아는 삶도 좋겠지만, 그래서 걱정이 조금 덜한 삶도 편하겠지만, 가끔은 정말 이렇게 생각지도 않은 일들이 나의 삶의 더 매력적으로 색칠해 주기도 한다(고 나는 믿고 싶다).

앞으로 세 시간 정도만 더 기다렸다가 출발해야겠다. 스마트폰에 저장해 온 지도를 보면서 달려야 할 길을 미리 체크해 둔다. 지금까지 온 길이 훨씬 더 멀지만 가야 하는 길도 만만치 않다. 본의 아니게 가는 도중에 어디선가 따리의 일출을 만나겠지. 얼마나 아름다울까, 벌써부터 내심 기대가 된다. 한참 음악에 취해 있을 때 살며시 눈을 뜨니 옆에 검은 그림자가 떡하니 서 있다. 악! 정말로 엄청 놀랐다! 그런데 알고 보니 주인아저씨다. 내가 새벽에 추울까 봐 걱정되신 모양이다.

부엌도 따로 없는 작은 방 한 칸. 침대 하나와 몇 개의 주방 기구들이 전부다. 그렇게 네 가족이 살아가신다. 진짜 집이 다른 곳에 따로 있는지 등 더 자세한 것들은 모르지만, 그들의 따뜻한 마음만큼은 확실히 알 수 있다. 밥 한 그릇에서 담요 한 장에서.

본래 마음의 행복은 큰 것보다 작은 것으로부터 시작한다고 하지 않는가. 지금 나에게 가장 필요한 게 무엇인지 생각하고 배려해 주시는 모습에 너무나 감사드린다. 적어도 지금 이 순간만큼은 나의 미래, 직업, 연봉, 노후, 이런 것들은 중요하지 않다. 스쿠터를 다시 움직일 수 있는 전기와 주린 배를 채워 줄 밥 한 공기 그리고 담요 한 장이면 충분히 족하다. 여행의 힘이란 바로 이런 게 아닐까!

그래도 빨리 숙소로 돌아가고 싶다!

바로 이럴 때 쓰라고
'하늘이 무너져도 솟아
날 구멍은 있다'라는 말
이 존재하나 보다. 정말
죽으라는 법은 없다.

할머니가 주신 땅콩과 우유

이날 밤은 정말 잊을 수 없다

세상에서 가장 맛있는 계란국과 밥 한 공기

그렇게 날이 새고 어김없이 아침 해가 떠오른다

왠지 우리나라 안내표지판을 보는 외국인도 이와 같은 마음이 아닐까

#75 뜻하지 않게 아침에 일출까지 보며 신나게 달려왔다. 스쿠터 위에서 미친 듯이 마구 소리를 질렀다. 신나서가 아니다. 너무 추웠다. 정말 추웠다. 온몸이 얼어서 굳었다. 침대에서 몸을 있는 대로 비벼 열을 내 얼었던 몸을 녹인다. 그렇게 몇 시간을 잤을까. 다행히 죽지 않고 눈을 뜰 수 있음에 감사한 마음이 들었다.

오늘은 리장으로 이동할 계획이다. 이동 전에는 언제나처럼 침대에서 좀 더 게으름

따리에 있는 성당도 들러 본다

을 피워야 한다. 마치 하나의 의식을 치르듯. 늦장 부리며 느긋하게 일어나, 느긋하게 씻고, 느긋하게 짐을 싼다. '오늘 아침은 어제 차를 마셨던 일본식 식당에서 덮밥을 먹고 가야지.'라는 즐거운 생각을 하며 하나씩 짐을 싼다. 여기 오자마자 했던 빨래들도 기분 좋게 잘 말랐다. 그렇게 짐을 싸는데 하루 이틀 전에 도미토리에 들어온 친구가 말을 걸어온다. 언제나처럼, 모든 질문의 답은 같다.

"워 쓰 항궈런(나는 한국 사람입니다)."

그런데 갑자기 그 친구의 얼굴에 화색이 돈다. 그리고 뭔가를 계속 이야기한다. 우린 스마트폰의 힘을 빌린다. 우리는 서로 마주 보고 있지만 조용하다. 대신 바쁘게 손가락을 움직이며 자신의 생각을 전하기에 정신없다. 나보고 어디로 가냐고 바쁘냐고. 그래서 리장으로 간다 하니 그 친구 왈, 자기랑 내일 같이 가자는 것이다. 아, 이건 또 무슨 시추에이션인가. 알게 모르게 그동안 외로움에 허덕인 나로서는 오케이를 외친다. 그리고 쌌던 짐을 다시 푼다.

일단 아침을 먹으러 같이 나선다. 일본식 식당에 갔는데, 그

게임에 몰입 중인 아저씨들

많은 여행객들로 붐비는 따리고성

친구 입맛에는 별로 안 맞나 보다. 식사 후 우리는 기차역으로 향한다. 내일 리장행 표를 미리 구입하기 위해서다. 그 친구는 딱히 가지 않아도 되지만, 외국인인 나는 매표소에서 직접 표를 사야 하기 때문이다(중국 내국인들만 스마트폰으로 기차표를 살 수 있는 게 너무나 불편하고 속상하다). 나는 애초에 버스를 타고 가려고 했지만, 그 친구 덕에 더 빨리 그리고 편하게 리장까지 갈 수 있게 되었다.

그 동생은 22살, 이름은 Xue Wenjie. 집은 하얼빈 근처란다. 무려 3일 동안 내내 기차를 타고 중국을 가로질러 청두, 쿤밍, 따리까지 왔단다. 실로 엄청난 거리다. 3일 동안 내내 기차를 타고 온다니.

어디든지 노래가 있으면 사람들은 자연스럽게 모여 앉아 노래에 젖는다

맛있는 과일 주스를 기다리는 귀여운 꼬마 아가씨들

　기차역에서 기차표를 구입하고 다시 따리고성으로 돌아와 신나
게 돌아다닌다. 동생은 한국말에 무척이나 관심이 많았다. '안녕
하세요, 안녕히 가세요.'라는 말을 배우는 데 2년이 걸렸다며 웃
기도 한다. 우리는 서로 간단한 말들을 알려 주고 배우기도 했다.
역시나 중국어는 발음을 따라 하기도 벅차다.

　동생은 어머니랑 둘이 산단다. 아버지는 안 계시는데 사연은 묻
지 않았다. 내가 어머니한테 엽서를 써서 보내는 것이 어떻겠냐고
제안한다. 나를 포함한 대부분의 무뚝뚝한 아들들이 그렇듯 무척
멋쩍어한다. 그래도 지나가다 봐둔 엽서 가게에 동생과 함께 들어
가 동생에게 엽서를 건넨다. 근데 정말 1초 만에 쓰고 나오는 게
아닌가! "도대체 뭐라고 쓴 거니?"라고 물어보니 "사랑합니다."라
고 썼단다. 점원도 우릴 보고 그거면 충분하단다. 그래, 그럴 수
도 있다. 무슨 많은 말이 필요하겠는가. 꿈을 찾아서 떠난 아들이
여행 중에 멀리서 어머니께 사랑한다는 말 한마디 적어 보내는

것. 그거면 충분하다.

　그렇게 시간을 보내고 있는데, 갑자기 친구가 다른 친구를 보고 인사를 한다. 나는 원래 아는 친구인 줄 알았는데 나중에 알고 보니 그도 어제 처음 알게 된 친구란다. 그 친구의 이름은 Zhu Yafei. 베이징 출신인데, 따리 근처 마을에서 영어 선생님으로 일하고 있단다. 통역사 아닌 통역사로 우리 세 명은 고성에서의 마지막 밤을 함께 즐기기로 한다.

　어둠이 내려 같이 중국 식당으로 향한다. 사람들이 엄청나게 많다. 들어가자마자 매운 냄새가 내 코를 가격한다. 나는 연신 재채기를 해댄다. 동생도 매웠는지 재채기다. 샤브샤브 같은 음식이다. 여러 종류의 고기류와 야채 등을 매운 국물에 넣어서 살짝 익혀 먹는다. 주위를 둘러보니 죄다 같은 걸 먹는다. 그런데 그 국물이 정말 너무나 맵다. 한식식으로 매운 게 아니라 중국식(?)으로 특이한 향과 함께 매워 도저히 적응이 되질 않는다. 나는 간신히 버섯 몇 개, 고기 몇 점, 그리고 감자만 골라 먹는다. 그래도 워낙 양이 많아서 배가 부르다.

　오늘은 남자 세 명이서 따리를 누비고 다녔다. 다리가 아프도록 돌아다니고, 또 돌아다닌다. 마치 따리고성 안에 있는 모든 가게들을 외우고, 모든 가게 사장님들께 인사를 해야 하는 것처럼. 그렇게 골목골목을 하나도 빼지 않고 쉼 없이 돌고 돈다. 오랜만에 나의 체력적 한계를 경험하는 하루였다. 쉬지 않는 동생을 붙

큰 개가 손님이 없어 심심해하는 듯하다

분주한 손길로 음식을 만들고 있는 주방장 아저씨

잡고 차 한 잔 마시자는 핑계로 쉬고 또 쉬고. 그래도 정말로 따리에서의 마지막 날을 원 없이 알차게 보냈다. 밤에는 작은 맥주집에 찾아가 맥주를 시켜 놓고 신나게 음악도 듣고 이야기도 나누었다. 엄청난 피곤이 몰려오는 따리에서의 마지막 밤이지만, 그만큼 아쉬움 없이 따리를 떠날 수 있을 것 같다.

때로는 짧은 엽서 한 장이 많은 말을 대신 해주기도 한다

여행에서 만난 친구들과의 즐겁고 깊은 시간들을
보낸다.

Zhu와 Xue

달이 참 밝은 밤

친구들과 즐거운 맥주 한 잔

#77 우연치않게 하루 더 머물게 된 따리. 근데 친구 녀석이 갑자기 자기는 다른 친구 때문에 여기에 더 머물러야 할 것 같단다. 이런, 어쩔 수 없지. 나는 괜찮다고 웃으며 엄지를 치켜 올린다. 동생은 계속 미안함을 보인다.

체크아웃을 하고 동생을 데리고 어제 못 간 한국 식당으로 향한다. 오후 3시 기차라 점심을 미리 먹기 위해서다. 김치를 좋아한다는 동생에게 한국의 맛도 보여 줄 겸 오랜만에 찾은 한국 식당. 따리고성에 처음 왔을 때에는 골목이 비슷비슷해서 너무나 헤맸는데, 며칠 지낸 지금은 어디에 무엇이 있는지도 척척 알게 되었다. 한국의 맛을 보여 주기 위해 선택한 메뉴는 제육볶음과 김치찌개, 그리고 소주 한 병과 계란말이. 내가 생각해도 거의 완벽에 가까운 조합인 듯하다.

동생이 정말 맛있게 먹는다. 숨도 쉬지 않고 밥 두 공기가 금방이다. 나 역시 너무나 맛있다. 혼자 밥을 먹다가 이렇게 둘이 마주 보고 먹는 식사가 얼마나 즐거운가! 물론 오가는 말은 거의 없다. 대신 숟가락질하랴 스마트폰으로 번역하랴 입보다 손이 더 바쁘다. 그래도 서로 마주 보고 웃고, 음식을 함께 나누는 기쁨은 더할 나위 없이 크다. 꿈을 찾기 위해 떠난 이 여행에서 동생도 나도 모두가 자신의 꿈에 더 가까워지는 시간이 되기를 소주 한 잔에 가득 채워 건배로 약속한다.

숙소로 돌아와 짐을 챙겨 기차역으로 출발. 동생이 냉큼 달려와 내 매직 가방을 둘러업는다. 나는 손사래를 쳤지만, 동생은 웃으며 버스를 타고 떠나갈 때까지 함께 있어 주었다. 창밖으로 그렇게 우리는 손을 흔들며 인사를 나누었다.

동생의 도움으로 미리 사 둔 표 덕분에 여유 있게 기차를 탈 수 있었다. 역시나 리장으로 가는 여행객들이 엄청나게 많다. 중국인들에게도 따리와 리장은 유명한 여행도시다. 기차는 일반 기차. 그래서인지 의자가 정확히 90도의 절제미를 뽐내고 있다. 세 명씩 마주 보고 앉는 의자다. 늠름한(?) 아저씨들 사이에 끼어서 그렇게 두 시간을 달려 리장에 도착한다.

도착하자마자 엄청난 인파에 휩쓸려 출구로 떠내려갔다. 아, 그런데 날씨가 흐리다. 잠깐의 무지개가 보인 후, 곧이어 빗방울이 떨어진다. 아직 숙소도 정하지 않고, 내가 지금 어디에 있는지도 잘 모르겠고, 어디로 어떻게 가야 하는지도 모르겠다. 늘 그렇듯 '여긴 어디, 나는 어디로'의 공식을 떠올린다.

아, 저기 보이는 서양인 여행객을 무작정 따라가 볼까도 잠깐 생각했지만, 그것은 너무나 무모한 것 같아 생각을 멈춘다. 일단 사람들이 많이 타는 버스를 타기로 한다. 이 많은 사람들도 어디에선가 잠을 자겠지. 그런데 버스를 타는 것도 쉽지가 않다. 엄청난 사람들이 더 엄청나게 몰려든다. 무질서와 혼돈 그 자체. 그래도 나는 그동안 익히고 배운 스킬을 통해 무사히 선두권 진입 후 자리에 착석! 순식간에 사람들이 꽉 차고서 버스가 움직인다.

나는 이제 어디로 가는 거지? 이거야말로 선탑승 후결정이다.

의자에 앉아 가이드북과 스마트폰을 번갈아 뚫어져라 쳐다본다. 적어도 버스가 전혀 알 수 없는 곳으로 나를 납치하기 전에 미리 알아차려야 한다! 그렇게 집중에 집중의 제곱을 더하고 있을 때, 옆자리에 앉은 중국인 친구가 말을 걸어온다. 역시나 나는 몸에 익힌 공식대로 '항궈!'. 그러자 그 친구가 다시 영어로 숙소를 묻는다. 울상인 나에게 그는 자기들과 같이 숙소로 가잔다. 이건 뭐지? 순간 '경계심'이란 단어가 머리를 스친다. 혹시 장기매매가 아닐까? 그런 나의 생각이 전해졌을까. 자기들도 여행 중에 만난 친구들이라 안심해도 괜찮단다. 함께하자고 다른 친구들도 손

천국에서 만난 반가운 태극기

모두가 친구다

짓이다. 조금 망설이긴 했지만, 밑져야 본전이라는 생각으로 오
케이를 외친다. 알고 보니 나에게 말을 건 친구는 나와 동갑! 서로
놀란다. 마음씨만큼이나 잘생긴 친구다.

이제 든든한 지원군도 만났겠다, 나는 곧바로 핸드폰과 가이드
북을 과감히 집어넣고 창밖으로 눈을 돌린다. 버스를 한 번 더 환
승하고서야 우리는 숙소에 도착했다. 어딘지도 모를 골목 아주 깊
은 곳에 위치한 하얀 건물의 숙소. 그런데 이렇게 좋을 수가! 시설
도, 분위기도, 사람들도 너무나 좋다. 그리고 무엇보다도 아주 저

렴하다. 버스 뒷자리에서 기적적으로 만난 친구들을 따라온 곳이 천국일 줄이야! 주인아주머니 아저씨도 너무 잘해 주신다. 사람들도 그렇게 많지 않아서 정신없이 붐비지도 않는다. 깔끔하고 깨끗한 숙소다.

좋은 분위기는 밤이 늦도록 이어졌다. 같이 모여 저녁을 먹고, 맥주도 나누고, 게임도 하고, 기타도 치고 노래도 부른다. 한쪽에는 따뜻한 벽난로가 타고 있다.

말은 잘 통하지 않아도 서로가 서로에게 친구가 되어 그렇게 리장에서의 여행이 시작되고 있었다. 너무 많지도 적지도 않은 여행객들이 모두 하나가 되어 이 시간을 즐기고 있다.

너무나 즐겁고 행복했던 리장에서의 만남들

여행에서는 한마디의 인사로 친구가 되고, 그 친구들의 친구들을 알게 되고, 그래서 함께 같이 저녁을 먹고, 이야기를 나누며 시간을 공유한다. '여행'이라는 단어는 모두를 하나로 만들어 주기에 충분한 힘이 있다. 단지 버스 옆자리에 앉았고, 몇 초간 몇 마디를 나누었을 뿐이지만, 우리는 서로를 알아 가게 되는 시간을 공유하게 된 것이다. 이 얼마나 신기하고도 아름다운 일인가. 참으로 오랜만에 늦은 밤까지 잠들 줄을, 웃음소리가 그칠 줄을 모른다.

반가워, 리장!
반가워, Zhou!(동갑내기 친구의 이름)

#78 리장에서의 첫 아침이 밝았다. 일어나자마자 대충 세수만 하고 바로 옥상으로 직행. 전망이 너무나 좋다. 앞에 펼쳐진 파란 호수와 하얀 구름, 그리고 멀리 보이는 옥룡설산이 그려낸 내 앞의 풍경을 뭐라 표현할 수가 없다. 사진기로 몇 장의 사진을 담지만 늘 그렇듯 부족할 뿐이다.

아침에 거하게 식사를 하고 느지막이 다 같이 어디론가 출발. 어디로 가는지, 어떻게 가는지도 모른다. 오랜만에 아니 거의 처음으로 가이드북도, 중국어 회화 책도 방에 던져 두고 오직 사진기 하나만 챙겨 그들을 따라 나선다. 숙소 뒤편의 산을 오른다. 쉬지 않고 한 시간 가까이 오르니, 리장 시내의 전경이 한눈에 펼

아름다운 리장의 전경

처진다. 하늘과 구름과 옹기종기 모여 있는 집들이 정말로 잘 어우러져 있다.

흑룡담 공원은 정말로 아름다운 곳이다. 옥룡설산과 어우러진 그 아름다움은 정말로 '자연의 아름다움'이 무엇인지 정의내리고 있는 듯 했다. 고성 안에도 운치가 있다. 여럿이라서 더 즐겁고 더 행복하다. 국적도, 사연도, 나이도 모두 다르지만 상관없다. 서로가 함께 시간을 공유하고 즐거움을 함께하고 있는 사실만은 변함이 없고, 이것이 가장 중요하기 때문이다.

자, 자! 한 줄로!(왼쪽부터 Shu-azxi, Zhuyan, Mengyezi, Chenxiao, Xiaojin, Fengteng, Zhou, Feofeoen)

오늘 하루 정말 어떻게 시간이 지나갔는지 모르겠다. 아무런 걱정도 두려움도 없이 정말 모든 생각들을 다 비우고 이 순간, 함께 함에 충실했다.

때로는 혼자, 때로는 함께. 그렇게 예기치 않게 만남에 만남이 이루어지고 있는 지금의 여행이 좋다. 앞으로의 걱정거리들도 한 트럭이지만, 지금 이 시간은 두 번 다시 오지 않을 것임을 너무나 도 잘 알기에, 오늘도 우리들의 수다는 깊은 밤이 될 때까지 그칠 줄을 모른다.

숙소 주인아저씨가 진짜 나무로 액자를 만들어 내가 찍은 사진을 넣어 주셨다

자, 모여 봐! 사진기를 바닥에 두고, 찰칵!

내 소중한 친구 Mr. Zhou!

숙소 앞에서 맞이하는 아침 태양

오늘의 계획은 '無'다. 단지 Zhou와 근처 시장에 가서 저녁거리를 준비할 계획이다. Zhou는 중국 음식을, 나는 한국 음식을 만들어 사람들과 함께 나눠 먹을 예정이다. 내가 요리를 잘하지는 못해도 좋아하기에, 또 그들에게 한국 음식을 맛보여 주고 싶었기에 흔쾌히 오케이를 외쳤다.

오후 늦게 Zhou를 따라 근처 시장으로 나선다. 우리나라 재래시장과 비슷하다. 곳곳에 아주머니들이 음식 재료들에 사이사이에 앉아 계신다. 닭, 오리, 오골계(?), 물고기, 채소, 과일 등등 없는 게 없다. Zhou는 생선 요리를 한단다. 그럼 나는 어떤 음식을 할까? 시장을 요리조리 구경하며 적당한 음식을 생각해 냈다. 그것은 바로 제육볶음과 계란말이! 얼마 전 따리에서 중국 친구와 소주 한 잔 걸치며 먹었던 생각이 갑자기 떠올랐기 때문이다. 제육볶음! 비록 소주는 없지만 한국의 맛을 알리는 대표적인 음식이 아니던가!(실은 내가 더 먹고 싶은 마음도 있었다.)

그런데 문제는 고춧가루와 고추장과 물엿을 구하는 일. 돼지고기와 다른 것들은 대충 구했는데, 가장 중요한 이 세 가지를 찾기가 너무 힘들다. Zhou가 고생을 많이 했다. 시장에 계시는 상인분들께 한국 음식 재료를 구할 수 있냐고 묻는 것 같았고, 시장 밖에서도 대형마켓을 찾기 위해서 아저씨, 아주머니, 경찰 할 것 없이 많은 사람들에 물었다.

별거 아닌 것이기에 그냥 비슷한 중국 재료를 쓰라고 할 수도 있고, 귀찮아 할 수도 있었지만 이렇게 열심히 구해 주는 모습이 내

신중하게 생선을 고르는 Zhou의 모습

심 고마웠다. 우리는 결국 다른 마켓에 가서야 고추장 비슷한 걸
구할 수 있었다. 물엿은 끝내 찾지 못하고 돌아왔다.

　돌아가서 반심반의로 고추장 같은 양념을 열어 맛을 본다. 다
행히 아주 이상하지는 않았고, 물엿이 없어도 될 정도로 달았다.
Zhou와 함께 주방에서 음식 만들기 시작! Zhou는 생선을 통째로
기름에 한 번 튀긴 다음에 국물을 내어서 끓이는 음식을 만든다.
중국 가스레인지는 화력이 너무 좋아서 불 조절이 힘들다. 덕분에
엄청난 속도로 고기가 익어 가고, 계란은 프라이팬에 두르는 동시
에 익어 버린다.

　필요한 음식 재료가 있을 때마다 스마트폰 번역 앱을 이용해 대

내가 만든 제육볶음과 계란말이, 모양은 이상해도 맛은 일류 호텔급이다!

파, 양파, 간장 등을 청했고, Zhou와 다른 친구들은 열심히 구해 다 주었다. 그리고 간간히 주방에 들어와 Zhou와 나의 음식의 간도 보며 웃기도 한다. 그렇게 우리는 열심히 저녁 식사 준비에 매진한 다. 적어도 이 순간은 내가 대한민국 대표 요리사! 드디어 완성!

계란말이가 예쁜 모양으로 만들어지지는 않았지만, 뭐 배 속에 들어가면 다 똑같아진다는 생각으로 위안을 삼고 우리는 언제나 그랬던 것처럼 모두 둘러앉아 같이 저녁을 먹는다.

숨 넘어 갈 정도는 아니었지만 다들 남기지 않고 맛있게 먹어 줘 서 감사했다. 양념까지 밥에 쓱쓱 비벼서 먹는 걸 보니, 역시 어 느 나라 사람이나 먹는 모습이 비슷하구나 하는 생각이 든다. 그렇게 웃고 떠들며, 리장에서의 마지막 밤이 지나간다. 너무나도 행복한 만큼 너무나도 아쉽게만 느껴지는 이 순간의 모든 것을 내 안에 깊이 새긴다. 잊지 못할 리장에서의 시간들과 그들과의 추억 모두를.

#80 정신을 차리고 보니 공항 가는 버스 안에 앉아 있다. 리장에서의 시간들이 정말 어떻게 지나갔는지도 모르게 지나갔다. 모처럼 마음 편하게 긴장하지 않고, 걱정 고민도 없이 말 그대로 즐기고 쉬었다. 어쩌면 그것을 넘어서 나의 마음을 아예 그곳에 남겨두고 떠난다는 말이 더 맞을 것이다. 숙소를 나서 버스에 올라 탈 때까지 수없이 인사하고 포옹하고 악수했던 모든 친구들이 마음속에 오래도록 남아 있을 것 같다. 화창한 날씨와 아름다운 리장만큼이나 더 아름답고 행복했던 그들과의 시간들. 여행에서, 아니 인생에서 만남과 헤어짐은 피할 수 없는 숙명이지만 오늘만큼은 더 아쉽고 더 애틋하다.

여행은 익숙함으로부터의 탈출과 새로움을 향한 도전의 연속이고, 우리는 이를 통해서 많은 것들을 얻고 배운다. 사람은 적응의 동물이고, 어떤 자극이든 처음보다 더 클 수는 없지만, 이런 탈출과 도전은 매우 중요하다. 우리는 익숙함과 안정감이라는 기분 좋은 것을 누릴 수도 있지만, 자칫 이것은 고인 물처럼 썩을 수 있다. 물론 사회에서 또 삶에서 익숙함과 안정감이란 매우 중요하다. 따라서 안정감과 변화라는 시소의 균형을 잘 유지하는 것이 매우 중요하다. 사람마다 생각이 다르듯, 이 둘의 비중 또한 각자 다를 수밖에 없다.

여행을 하면 할수록 이 두 가지가 얼마나 중요하고 소중한지를 절실히 깨닫게 된다. 여행을 한다고 해서 변화와 도전만이 좋은 것이라 생각되지는 않는다. 아이러니하게도 그런 변화와 도전은 다시 더 나은 안정감과 익숙함을 향해 흐른다. 이것은 마치 뫼비우스의 띠처럼 멈춤이 없이 흐른다. 그리고 우리는 그 사이에서 수많은 고민과 갈등과 결정과 그밖의 모든 것들을 느끼고 체험한다. 아마도 죽음만이 이 고리를 끊을 수 있을 것이다.

나는 지금까지와는 전혀 다른 뫼비우스의 뒷면을 바라보고, 그

징홍에 도착하자마자 엄청난 소나기가 내린다

위를 걷고 있다. 작은 대한민국, 남들은 알지도 못하는 작은 시골, 어느 산자락 밑에 자리한 더 작은 신학교. 아주 작은 장소이지만 엄청난 일들이 벌어지고 준비되고 있는 그곳. 많은 이들은 그곳이 어떤 곳인지, 무슨 일이 일어나고 있는지, 어떻게 24시간이 돌아가는지 관심도 궁금함도 없지만, 분명 그곳은 수많은 특별한 곳 중에 하나임에 틀림이 없다. 그리고 그곳에서 살아가는 몇 안 되는 사람들 중에 하나였던 나. 그리고 그곳에서의 나의 10년. 그랬던 내가 지금 전혀 다른 곳에서, 전혀 다른 사람들과 전혀 다른 시간을 보내고 있음이 너무나 신기하고 놀라울 따름이다.

중국에서의 시간도 얼마 남지 않았고, 이제 나의 여행 기간도 누님의 결혼으로 인해 얼마 남지 않았다. 앞으로 길어야 2주. 그동안 어떤 만남과 헤어짐, 어떤 일들이 내 앞에 펼쳐질까?

여전히 내일이 기대된다!

중국 최남단 징훙에 도착했다. 리장에서 육로로 오면 거의 20시간 넘게 걸리는 먼 거리. 육로로 갈지 하늘길로 갈지 많은 고민을 했다. 비행기로는 단 한 시간이 소요된다. 물론 값은 비싸다. 그러나 육로로 오는 비용, 먹고 자고 이동하는 비용 등을 합치고, 거기에 시간적인 가치를 더하면 얼마 차이가 나지 않는다는 계산 아래, 비행기를 택했다. 물론 육로로 오는 것도 여행의 분위기를 흠뻑 느낄 수 있겠지만(인도에서의 추억이 떠오른다), 얼마 남지 않은 여행 기간에서 시간이 무엇보다 중요하게 생각되었다. 중국은 아무리 작은 도시라도 작지 않다. 공항도 크진 않지만 작지도 않다. 그리고 어디를 가나 사람이 많다. 비행기에서 내리자마자 후텁지근한 공기가 나를 덮친다. 공항 밖은 온통 열대 나무. 내가 중국에 내린 건지, 동남아에 내린 건지, 여기에서 중국어로 인사해야 맞는 건지 헷갈릴 정도다. 아, 덥다. 겉옷을 입지도 않았는데 벌써부터 땀이 흐른다. 역시나 호객꾼들이 외로운 나를 가장 먼저 반긴다.

이미 시내까지 얼마의 비용이 드는지 조사를 했기 때문에 그들이 나에게 얼마의 값을 제시했을 때, 나는 고개를 저으며 당당히 손가락으로 값을 표시한다. 그러니 아저씨가 나를 택시가 아닌 다른 어디론가 데리고 간다. 알고 보니 택시가 아닌 승용차, 합승이다. 그래서 저렴했던 것. 얼마나 기다렸을까. 두 명이 더 온 뒤에 차가 출발했고 10분 남짓 달려 숙소에 도착했다. 리장에서 만난 중국 친구들이 추천해 준 숙소다. 방값은 하루에 25원. 우리나라 돈으로 4천 원 정도다. 그런데 더 놀라운 건. 보통 도미토리처럼 2층 침대가 여러 개 있는 것이 아니라, 킹사이즈 침대가 3개 놓인 큰 방이다. 이건 보통 다른 데서 트리플 베드룸! 물론 완벽하게 좋은 건 아니지만, 가격을 생각하면 모든 게 다 용서될 수 있는 정도다.

점심을 스니커즈 초콜릿 하나로 때웠더니 배가 고프다. 잠은 오는데 잠이 들지 않는 이상한 상황을 침대 위에서 느끼다 대충 옷가지를 걸치고 밖으로 나온다. 저녁이 되면 춥겠지 하는 나의 예상을 한 번에 물리칠 만큼 후텁지근하다. 게다가 공기가 왜 이렇

동남아 분위기가 짙은 중국 징훙

맛집인가 보다. 나도 가 볼까?

게 무거운지, 몸이 땅속으로 꺼질 것 같다. 온통 하늘이 시커멓
다. 아니나 다를까, 몇 걸음 걷다 보니 천둥소리가 들려오고 빗방
울이 떨어지기 시작한다. 신속히 숙소로 돌아가 겉옷 대신 우산을
챙겨 나온다. 거리도 구경할 겸 나왔지만, 엄청난 소나기가 내리
붓는다. 나는 하는 수 없이 대피하는 마음으로 길거리 작은 카페
에 들어가 가벼운 저녁 식사를 주문한다. 고작 한 시간을 날아왔
을 뿐인데 이렇게 날씨가 다르다니! 이미 공항에서 한 번 놀라긴
했지만, 이건 정도가 심하다. 얼마 동안 비가 세차게 내리더니 곧
그친다. 그런데 언제 다시 쏟아질지 모르겠다. 날씨를 알아보니,
내가 있는 동안 줄곧 소나기가 내린단다. 이런……. 동남아에 가
기 전 더위와 습기에 대한 적응 훈련인가?

저녁 식사 후 거리를 좀 걷는다. 저녁이 돼서야 조금 선선한 바람이 불어온다.

중국에서의 마지막 여행이 될 싱홍, 가이드북에는 그저그러한 도시, 특별한 매력이 없는 도시, 가지 않는게 오히려 더 나은 도시라고 묘사되어 있지만, 나에게는 중국과 동남아의 오묘한 조화가 알맞게 어우러진 이곳이 왠지 더 매력적으로 느껴지는건 무엇때문일까.

#81 아, 완전 열대기후다. 밤새 소나기와 천둥 번개가 요란을 떤다. 시간이 조금 지나 새벽이 다 되니, 이제는 온 동네에 포진해 있는 야생(?) 닭들이 엄청나게 울어댄다.

어제 조금 일찍 잠든 것도 있지만, 아름다운 닭들의 도움으로 새벽 4시가 조금 지나서 눈이 떠졌다. 더 자고 싶은데 잘 수가 없다. 하루 종일 천둥 번개를 동반한 소나기가 쏟아지고 그치기를 반복하고, 햇볕은 정말 한순간에 비쳤다 사라진다. 빨래가 과연 마를지 의문이다. 걱정이다. 별로 많지 않은 가짓수로 잘 돌려(?) 입어야 하기 때문이다. 그래서 빨래를 언제 하고, 언제 말려서, 언제 갈아입어야 할지 치밀한 계산이 필요하다. 만약에 그 고리가 끊어지면 새 옷을 사든지, 빨아야 할 옷을 다시 입든지, 아니면 직접 입고서 말려야 하는 불상사가 발생한다.

수십 번을 더 뒤척인 후, 겨우 일어난다. 방에서 화장실 냄새가

후텁지근한 날씨에 시원한 맥주보다 더 나은 건 세상에 없다

너무 지독하다. 방 안에 딸린 화장실은 문은커녕, 칸막이 같은 것
도 없다. 그래서 냄새가 심하다. 그리고 더욱 불편한 건, 방에 지내
는 사람은 3명인데, 방 열쇠가 한 개뿐이라는 점이다. 고로 한 명
이 나갔다 들어올 때면 누군가는 안에서 방문을 열어 줘야 한다. 아
침이든 새벽이든 밤중이든. 이게 여간 귀찮은 게 아니다. 잠들려고
하면 누군가 똑똑, 화장실에 있어도 누군가 똑똑. 기다리라는 중국
말도 못하니 그냥 빨리 가서 열어 주는 수밖에 없다. 게다가 내 침
대는 문과 가장 먼 창문 쪽. 방값이 싸니 모든 걸 용서할 수는 있지
만, 리장에서 지낸 숙소 시설과 비교하면 정말 답이 안 나온다.

점심때가 되니 배가 고프다. 곧 비가 쏟아질 것 같아 밖으로 나
가는 건 포기. 따리에서 어렵게 공수해 온 한국 라면이 이제 두
개뿐이다. 그리고 곧 하나만 남을 것 같다. 뽀글이는 정말 유용

하다. 뜨거운 물과 젓가락만 있으면 든든히 한 끼를 해결할 수 있다. 가장 큰 이점은 설거지가 필요 없다는 것. 누가 가장 먼저 뽀글이를 해 먹었을까 하는 이상한 궁금증이 든다.

뽀글이를 처음 만난 건 군대 이등병 때다. 엄청나게 추운 한 겨울날, 새벽 보초근무를 서고 막사에 돌아왔는데 갑자기 선임이 나를 부른다. 가뜩 긴장하고 갔는데 그의 투박한 손에는 뜨거운 뽀글이와 나무젓가락이 들려 있었다. 그때의 모든 감각은 아직도 나의 세포 안에 고스란히 남아 있다. 그리고 그 선임 역시 내 기억 한구석에 고스란히 남아 있다.

오후가 되니 다행히 해가 비춘다. 빨래를 한 번 뒤집어 놓고 밖으로 나간다. 이제 한 번 가볍게 돌아볼까?

내가 널 만나러 왔어! 징훙!

무엇인가 유심히 바라보시는
어르신

곧 전쟁이 다가오고 있음을 알려 주는
길거리의 무기상(?)

길거리 음식의 꽃, 꼬치구이

#82 　오전에 터미널로 향한다. 리장에서 만나 같이 온 친구들이 쿤밍행 티켓을 사기 위해서다. 덕분에 나도 덩달아 라오스행 티켓을 쉽게 살 수 있게 되었다. 루앙프라방행 버스는 이틀에 하루 꼴로 있단다. 듣기로는 오전 7시 30분과 22시 경에 있다고 들었는데, 무슨 이유에서인지 심야버스 티켓은 살 수가 없었다. 대략 10시간 정도 걸리는 장거리라 밤 버스를 타고 가면 좋을 것 같은데, 현실적으로 어려울 것 같다. 그래도 중국 친구들의 도움으로 어렵지 않게, 또 정확하게 티켓을 구했다.

　오후에는 그제 만난 남아프리카 부부와 함께 만청공원에 들렀다. 나는 이미 만청공원에 왔었지만, 축제 기간에는 입장료도 50% 할인에, 더 많은 공연과, 다양한 볼거리가 있어 다시 왔다. 그리고 당연히 사람도 엄청나게 많다. 인파에 휩쓸려 공원 안에 들어가니 더 많은 사람들이 뒤엉켜 있다. 코끼리 공연, 전통 무용극 등 다양한 공연들이 여러 곳에서 동시다발적으로 펼쳐진다. 모든 공연들을 다 볼 수 없는 게 무척이나 아쉽다. 공원에서 나와 부부가 추천하는 맛집을 찾아 나선다. 가깝다고 했는데 거의 한 시간이나 걷고 나서야 도착한다. 가서 보니 과연 많은 사람들이 있었고 야외에도 많은 테이블이 있었다. 우리는 각자 시원한 커피, 빙수, 과일 등 푸짐하게 주문을 한다. 맛도 있고 무엇보다도 가격

강아지보다 더 귀여운 꼬마들

축제를 위한 엄청난 규모의 공연들이 펼쳐진다

이 정말 착하다. 입도 즐겁고 귀도 즐겁게 우리는 이런저런 이야기들을 많이 나눈다. 그들은 결혼 할 당시 10주년이 되면 세계여행을 떠나기로 계획했고, 지금의 여행이 바로 10주년 기념 여행 중이라고 했다. 친구같고 연인같은 그들의 모습이 참 보기에 좋았다. 부부는 남아프리카에 있는 그들의 집과 마을 사진을 보여 주었다. 직접 지었다는 그들의 집은 몽골의 게르를 닮았는데 정말 아름답고 멋졌다. 무엇보다도 사진에 보이는 자연경관이 최고였다. 언제가 기회가 되면 꼭 오라는 그들의 말. 그들의 말처럼 언젠가는 꼭 한 번 가 보고 싶은 곳, 남아프리카. 한국에서는 정말 먼 곳이지만, 한 번 가면 살고 싶어 돌아오기가 싫어진다는 그곳. 언제가 될지 모르겠지만 그들의 초대에 꼭 응하리라!

 # 83 오늘은 축제의 하이라이트인 물 축제(Water sprinkling festival)가 열리는 날이다. 모든 사람들이 물을 뿌리거나, 물총으로 무차별 사격한다. 이것은 축복의 의미란다. 일부러 축제 기간에 맞춰서 온 것도 아닌데 운이 좋은 건지, 안 좋은 건지 아무튼 축제 한복판에서 함께하게 생겼다.

어제 못 간 은행에 가기 위해서 친구와 일찍 서두른다. 시간이 지날수록 봉변(?)을 당할 가능성이 매우 높아지기 때문이다. 그런데 오늘은 모든 은행이 휴업. 국경을 건너기 전에 미리 라오스 돈으로 환전해야겠다는 계획은 포기할 수밖에 없다. 거리에는 온통 긴장감이 맴돈다. 마치 전쟁이 터지기 일보 직전 같다. 간간히 여기저기에서 비명 소리와 웃음소리가 섞여 들리기도 한다. 아이들은 이미 우비를 입고, 물총을 들고 전쟁 준비 완료다. 가장 위험한 건 이런 아이들. 거리낌 없이 또 아무런 무서움 없이 물총을 발사한다. 아이들을 피해 멀찌감치 돌아오기도 하고, 하이에나처럼 길거리에 어슬렁거리는 아저씨들과도 눈을 피한 채 신속히 걷는다. 그래도 별수 있는가. 결국 친구는 길거리에서 물벼락을 맞았고, 나도 물총 세례를 받았다. 서둘러 숙소로 복귀해서 무장을 해야 한다!

이날은 젖지 않을 수 있는 사람이 없다

전쟁터의 군인들

숙소에 도착해 우리도 빨리 전쟁 준비를 치른다. 정말 사진기를 들고 나가고 싶지만, 그건 자살행위. 방수 장비가 있어야만 하는데, 여기서 그런 걸 구하기가 쉽지 않다. 아쉬운 대로 숙소 앞에서 몇 장의 사진만 찍은 채 물총에 물을 가득 채워 비장한 표정으로 길을 나선다.

오전이 지나고 점심때가 가까워지자, 정말 모든 사람들이 구름처럼 길거리로 쏟아져 나온다. 알고 보니 'Water Square'라는 곳으로 가는 길이다. 거기가 바로 메인 전쟁터. 엄청나게 넓은 광장인데, 어찌나 사람이 많은지 수십만 명은 모인 듯하다.

모든 거리는 사람으로 가득 차 떠밀려 움직인다. 자칫하면 큰

인명 피해가 날 것 같다. 남아프리카 부부와 나는 서로 잃어버리지 않기 위해서 안간힘을 쓴다. 다행히 남편인 Da Wei의 키가 커서 그나마 찾기가 수월하다. 정말 축제 중에 많은 사람을 봐오고 놀라기도 했지만, 오늘은 정말 대단하다. 죽기 전까지 이렇게 많은 사람들 틈에 끼여 걸어 보지는 못할 것 같다. 그리고 다시는 이렇게 걷고 싶지 않다. 힘겹게 힘겹게 엄청난 물을 맞고, 물을 뿌

정말 시원한 전쟁이다

리며 광장에 도착.

메인 입구에는 들어가려는 사람들의 줄이 끝도 없이 이어져 있어, 하는 수 없이 빙빙 돌아 도로를 건너고 건너 도착했다. 실로 엄청나다. 말로 표현할 수가 없다. 이건 직접 봐야 한다. 사진을 담을 수 없음이 아쉽기만 하다. 그래도 공중에 헬리캠이 떠 있는 걸 보니, 누군가는 이 상황을 위에서 촬영했을 것이다. 기회가 되면 찾아보길. 어디에 있는지도 모르는 사회자의 우렁찬 소리가 들린다.

"이, 얼, 쌍!"의 외침에 동시에 물을 하늘로 퍼 올린다. 와……. 이건 정말 그 어떤 분수보다 장엄하고 웅장하며 아름답다. 다음에 다시 오게 된다면, 반드시 방수 장비를 갖추고 물총 대신 사진기를 들고 오리라! 사진기 대신 내 눈과 마음에 가득히 담아 본다.

얼마 동안 신나게 물을 뒤집어쓰고 나니 일행이 없다. 내가 결국 일행과 떨어져 버린 것. 아무리 까치발을 딛고 찾아봐도 찾을 수가 없다. 이거야말로 사막에서 바늘 찾기다. 갑자기 〈월리를 찾아라〉라는 옛날 책이 생각이 난다. 결국엔 포기. 이럴 때를 대비해서 우리 일행은 만약 떨어지게 되면 입구 있는 큰 광고판 앞에서 만나기로 미리 약속을 했었다. 참으로 다행이다. 인파를 뚫고 나와 광고판 앞으로 가서 부부를 기다린다. 얼마 지나지 않아 부부가 나타난다. 우리는 전쟁터에서 잠시 빠져나와 물총이 아닌 배를 채우기로 했다. 나는 너무나 추운 나머지 온몸에 닭살이 돋고 입술이 퍼레졌다. 그래도 즐겁고 재미있다. Da Wei는 서양인이라 어디를 가든 인기(?)
만점이다. 물놀이는 언제나 재미있지만 동시에 힘이 들기도 하다.

우리는 간단히 점심을 먹고 다시 숙소로 복귀한다. 가는 도중에
도 오가는 사람들끼리 물총을 쏘고, 물을 맞고, 난리다. 어떤 아
빠는 어린 아들 두 명을 아예 올 누드로 데리고 다닌다. 지나가는
어떤 사람은 아이들을 보며 웃기도 하고 어떤 이는 아이들의 엉덩
이를 향해 물총을 쏘기도 한다. 숙소 앞은 여전히 또 하나의 전쟁
터다. 지나가는 사람들에게 물총을 쏘고, 오토바이를 탄 사람이
건, 뚝뚝을 탄 사람이건 상관없다. 무조건 타깃이다. 길 건너편
한 무더기의 군인들(?)이 오고 가며 전쟁놀이를 즐긴다. 습격하기
도 하고 반대로 당하기도 한다. 이 전쟁에서 예외가 되는 사람이
있으니, 바로 할머니 할아버지와 아이를 안고 있는 젊은 엄마들이
다. 그들에게는 아무도 물총을 쏘지도, 물을 뿌리지도 않는다.

이 전쟁에서 최고의 명장면, 하이라이트가 있다. 지나가는 자
동차가 잠시 멈추어 서면 밖에 있던 군인(?)들이 갑자기 문을 여는
데, 문이 열리면 동시에 물을 퍼붓는 것. 이건 정말 가관이다. 와!
정말 우리나라에서는 절대 있을 수 없는 일. 차량통행이 많아 차
가 빨리 갈 수도 없다. 무작위로 열어 보고, 문이 열리면 그대로
앉아서 물벼락이다. 다행히 뭐 깨끗한 물이니 말리면 되겠지만,
꽤나 시간이 많이 걸릴 것 같다. 물을 뿌리는 사람이나 물을 맞는
사람 모두 즐겁다. 정말 말 그대로 축제다.

늦은 오후가 되어서야 숙소에 들어와 씻는다. 화장실에 들어간 나는 소리를 지르고 만다! 악!!!! 민소매를 입고 하루 종일 돌아다녔더니, 목과 어깨와 팔뚝이 온통 시뻘겋다. 완전히 익어 버렸다. 선크림도 바르지 않아서 더 심하다. 씻을 때 너무 쓰라리고 아프다. 하도 물총을 쏘아서인지 손가락과 팔에 멍이 들고 알이 박혔다. 그래도 즐겁다. 하지만 오늘 밤에 중국 친구들이 떠나가 너무나 아쉽다. 리장에서 만나 징훙까지 9일간 정말 즐겁고 고마운 일이 많았다. 만남과 헤어짐의 연속인 여행이지만, 늘 아쉽고 서운한 것은 어쩔 수 없다. 우리는 못내 아쉬워 사진을 찍지만, 그 마음을 어찌 다 채울 수 있으랴.

6시가 넘어 전쟁이 어느 정도 그쳤을 때, 우리는 근처 식당에 들어가 마지막 저녁 식사를 한다. 중국 음식은 정말 맛있다. 그런데 이런 음식을 더 이상 주문할 수 없다는 게 너무나 아쉽다. 몰라서 못 먹는 것이다. 다음엔 꼭 중국어를 배워 와 맛있는 음식을 실컷 먹으리라. 아쉬움을 뒤로하고 친구들을 터미널에서 배웅한다. 친구들은 쿤밍으로 간다. 그리고 한 명은 며칠간의 여행을 더 하고, 한 명은 집으로 돌아간다. 그리고 나는 내일 오전 라오스로 간다. 이렇게 짧고도 즐거웠던 또 한 번의 만남이 끝이 난다. 하지만 우리가 한 약속. 내년 오늘, 상해에서 다시 만나기로 한 다짐은 꼭 지키리라. 이렇게 나의 중국 여행도 그 끝을 향해 가고 있다.

이루 말할 수 없는 인파

> #84 물 축제가 오후에 끝나고 야간에는 풍등을 날린다.
> 정말 엄청난 인파가 몰려 더 엄청난 풍등을 날린다.
> 세상에 이렇게 많은 풍등이 오르는 장관을 볼 수 있다니!
> 너무나 아름답고 웅장하다!
>
> 나 역시도 작은 소원을 적어 날려 본다.

죽기 전까지 이보다 더 많은 풍등은 보지 못할 것 같다

10년과 바꾼 100일간의 여행 이야기

나 역시 마음을 담아 풍등을 날려 본다

강물에 띄운 간절함 한 송이

그들의 소중한 소망들

축제의 마지막 날 밤. 그 절정을 이룬다

아름다운 소원들이 모여 물 위에 수를 놓는 밤

#85 오늘은 세월호 참사 일주기. 여행을 출발할 때부터 배낭에 매달아 놓은 작은 노란 리본을 보며 아이들과 부모님들을 다시 한 번 생각해 본다. 진실과 정의의 침몰이다. 대한민국은 진실과 정의를 다시 회복할 수 있을까. 자식이 죽은 이유도 모르는 부모의 마음을 과연 누가 위로할 수 있을까. 가슴과 머리가 조금 복잡해진다.

징홍에서 7시 30분 출발 버스다. 아침 5시 반에 일어나서 씻고, 짐을 챙긴다. 날씨가 더운 관계로 인도와 네팔에서 정말 요긴하게 입었던 겨울 외투와 마지막 인사를 나눈다. 그리고 중국 가이드북도. 언제나처럼 사진 한 장을 남긴다.

사람이든 물건이든 만남과 헤어짐은 늘 새롭고 또 늘 아쉽다. 손때가 묻고 정이 들기 때문이다. 중국에서도 정말 좋은 친구들을 너무나도 많이 사귀었다. 하나같이 잊지 못할 추억들과 시간들이다. 징홍에서도 리장에서 마지막 날 극적(?)으로 만난 친구들과 일정이 단 하루밖에 차이가 나지 않아 함께할 수 있었다. 그들 덕분에 리장에서처럼 가이드북이나 스마트폰 없이 정말 마음 편히 지내며 즐길 수 있었다. 게다가 나는 본래 라오스로 넘어가기 위해 하루 이틀만 머물 예정이었는데, 그들 덕분에 징홍의 축제를 알게 된 것은 정말 큰 행운이었다. 하마터면 엄청난 기회를 알지도 못한 채 날려 버릴 뻔했다.

그동안 고마웠던 가이드북과 중국어 책

　　그렇게 너무나 엄청난 축제를 보내고 난 다음 날, 나는 다시 배낭을 재촉한다. 아침에 부지런히 일어나 버스터미널로 가기 위해 택시를 탄다. 인터넷 정보로는 남쪽에 위치한 터미널이라고 했는데, 실제로 나는 북쪽에 위치한 터미널로 갔다. 그러나 문제는 기사 아저씨가 지도를 못 보시는 건지, 글을 모르시는 건지, 위치를 모르시는 건지. 아무튼 모르시는 듯하다. 이런……. 아침부터 일이 꼬인다. 버스를 놓치면 정말 큰일이다. 중국 내비게이션 앱을 실행해 보지만 이놈도 웬일인지 시원치 않다. 몇 번을 이리저리 해맨 끝에 목적지에 도착. 지도에도 명확하게 표시가 되지 않아 감으로 왔는데 다행히 정확하게 터미널 앞에 내렸다. 미리 사두었던 나의 표를 지나가논 사람들과 청소하시는 아주머니께 보여 드리며 눈을 휘둥그레 뜬다. 그러면 그들은 곧 손가락으로

안녕, 중국!

한 버스를 가리킨다. 내가 타야 할 버스를 확인하고 또 확인한다. 드디어 중국에서의 마지막 버스 여행이 시작되었다.

가자, 이제는 라오스다!

또다시 시작된 버스 여행

PART **05**

여행의
종착지
라오스

S

라오스로 넘어가는 국경이다

#86 　완행버스라서 사람이 자주 타고 내린다. 세 시간여
　　를 달려 중국 국경도시인 보텐에 도착. 터미널에 버
스가 도착하자마자 이번엔 환전꾼들이 벌떼처럼 밀려든다. 이미
예상했던 바. 함께 버스를 타고 온 중국 사람들이 어떻게 하는지
옆에서 아무 말 없이 지켜보다가 그래도 좀 더 착해 보이는 환전
꾼 한 사람을 지목해 흥정에 들어간다. 이미 인터넷으로 어느 정
도 환율을 확인해 놓은 터라 확실하게 보여 주며 흥정을 한다. 나

중에는 오히려 내가 더 악착같이 요구해서 얼마의 돈을 더 받기도 한다. 그리고 버스로 5분. 국경 통과 지역이다. 인터넷에서 본 바로 그 장소! 한국인은 무비자 15일! 그런데 출입국 사무소 안에 사람들의 대기열이 하도 여러 군데라 어디가 어딘지 도무지 모르겠다. 적당한 안내 표지판도 보이지 않는다. 이 줄은 짧고 저 줄은 길고. 이리저리 방황에 방황을 거듭하고, 이 서류 저 서류를 적어가며 어리바리 돌아다니길 얼마나 했을까. 그런데 결국은 그냥 통과. 돈도 내지 않는다. 이렇게 쉽고 간단하고 빠른 방법을 몰라 한참이나 헤맨것이다.

아무튼 무사 입국. 반대쪽 라오스로 나온다. 중국을 뒤로하고 이제 라오스다. 모든 승객이 탑승하자 버스가 문을 닫고 출발한다. 그런데 한 10분인가 갔을까. 버스가 다시 멈추고 사람들이 모두 내린다. 무얼 또 체크한단다. 아, 국경 넘기가 쉽지 않다. 알고 보니 버스 검사. 버스의 짐칸과 좌석들을 검사한다. 뭐 그리 심각하게 하는 분위기는 아니다.

드디어 출발!
아……. 그런데 버스

건물에서부터 이미 라오스의 냄새가 짙다

가 또 멈추어 선다. 바로 앞에 있는 식당에서 점심을 먹는단다. 나는 다행히 어제 사 둔 식빵 몇 조각을 먹은 터라 그렇게 많이 배가 고프진 않지만, 언제 또 먹을 기회가 올지 모르기에 일단은 더 먹기로 한다. 자고로 배가 고프면 잠도 안 오는 법. 내가 눈만 꿈벅꿈벅거리고 있으니 중국 사람들이 함께 밥을 먹자고 손짓한다.

아, 국경을 초월하는 이 감동의 쓰나미! 큰 식당에 빙 둘러앉아 이런저런 이야기를 나누는 모습을 바라본다. 다들 오늘 처음 만난 사람들인데, 여행이란 이렇게 한 식탁에 모여 앉게 한다.

인생의 축소판인 여행. 그래서 여행을 통해 인생을 다시 재조명하고 많은 것들을 배울 수 있는 것인지도 모르겠다. 음식이 진짜 맛있다. 밝은 태양으로 지글거린다. 대여섯 가지 종류의 많은 반찬에 밥은 무한리필. 그래도 우리나라 돈으로 3천 원. 두 그릇으로 배를 든든히 채운 뒤 다시 버스에 탑승. 이제 진짜 긴 여행이 시작되겠지? 날씨가 정말 덥다. 어제 물 축제를 즐기느라 다 익어 버린 내 목과 어깨 팔뚝이 쓰라리다. 오늘도 선크림 없이 왔는데……. 왠지 잘 탈 것 같은 하루다.

#87 밤 9시 반. 드디어 루앙프라방에 도착! 14-15시간의 버스 이동이었다. 그래도 인도-네팔 이동에 비하면 훨씬 수월하다. 그래서인가. 자도 자도 잠이 또 와서 버스에서 내내 잠만 자면서 왔다. 간간히 버스가 멈추거나 쉴 때만 잠시

라오스에 도착해서 숙소로 가는 길

깨고, 다시 잠에 빠졌다. 누가 내 물에 수면제를 탔을까 하는 생각과 함께.

인터넷을 통해서 알고는 있었지만, 정말 몇 개의 산을 넘고 넘었는지 모르겠다. 완전 구불구불 산등성이를 따라 쉼 없이 오르내린다. 머리가 천장에 부딪힐 정도는 아니었지만, 정말 포장도로를 찾아보기 힘들 정도로 거의 모든 구간이 비포장이다. 게다가 도로공사가 한창이다. 군데군데 돌과 흙들이 쌓여 있고, 굴삭기와 덤프트럭이 있어 오도 가도 못하는 상황이 빈번하다. 그들이 어느 정도 작업을 맞추고 비켜 줄 때까지 한참을 기다린 다음, 양

버스에서 만난 중국 여행객들과 함께 탄 릭샤

쪽에 대기하던 차들이 그제야 하나둘 움직인다. 또 버스는 왜 이
렇게 자주 쉬는지 별로 배도 안 고프고 화장실도 안 가고 싶은데,
두 명의 운전사들이 번갈아 가며 운전을 하고, 거의 한두 시간마
다 쉰다. 그렇게 14시간이 지났다.

가이드북에 나와 있는 정류소와는 다른 곳에서 버스가 멈추어
선다. 여긴 어디지? 버스에서 내리니 온통 사방이 컴컴하다. 가
로등 밑에서 뚝뚝 기사로 보이는 아저씨들 몇몇이 모여 무엇인가
먹고 마신다. 아마도 우리 같은 먹잇감을 기다리나 보다. 함께 온
중국 사람들이 먼저 흥정을 시도하는 듯하다. 그들이 나에게 어디
로 갈 건지, 숙소는 예약했는지 묻는다. 나는 예약은 하지 않았지

만, 뚝뚝은 함께 타고 가겠다고 답한다.

뚝뚝 기사들과 흥정이 쉽지 않다. 기사는 선불을 요구하고 우리는 후불을 주장한다. 한참을 실랑이 끝에 후불로 결정, 1인당 10,000킵. 가이드북에는 5,000킵이라 나와 있지만, 밤이라 그런지 더 비싼가 보다. 중국 일행들이 함께 숙소에 가자고 했지만, 나는 정중히 사양하고 다른 곳을 찾아보기로 한다. 길이 단순하고 쉬워 가이드북을 보며 쉽게 찾을 수 있었다. 다행히 빈방이 있고, 가격도 나쁘지 않았다. 물론 시설의 질은 항상 비용과 비례관계에 있다.

중국에서의 아쉬움을, 그리고 이번 여행의 말미를 장식할 라오스에 드디어 입성했다. 라오스에서의 짧은 시간을 정말 알차고, 그리고 적절히 쉬면서 여행을 마무리할 생각이다. 동남아의 여러 나라 중에서 어디에서 여행을 마무리할지 고민이 있었지만, 유진 형님의 추천으로 라오스로 결정! 이제 시작해 보자!

반갑다. 이번 여행의 종착지.
라오스!

#88 오전 7시에 눈이 떠진다. 전날 버스에서 잠을 많이 자긴 잤나 보다. 조금은 피곤하지만 몸을 일으킨다. 대충 씻고 사진기를 챙겨 밖으로 나선다.

오전엔 날씨가 흐리다. 오랜만에 홀로 나선다. 그동안 리장과 징홍에서 중국 친구들 덕분에 너무나 즐겁고 좋았던 시간들. 그러나 가끔은 여럿이, 또 가끔은 혼자의 법칙이 중요하다. 다행히 라오스에 대부분의 상점들과 관광지에서 일하는 사람들은 간단한 영어 대화가 가능해 큰 어려움이 없다. 어제 저녁을 부실하게 먹어서인지 배가 고프다. 서양인들이 꽤나 모여 있는 작은 식당에 들어가 손가락으로 음식을 가리킨다. 메뉴는 쌀국수. 동남아에 왔으니 쌀국수를 먹어 주는 센스! 한국에서는 누가 사 주지 않는 이상 내 돈 주고 사 먹으러 다니지는 않는다. 그런데 정말로 국물이 시원하고 깊은 맛이 난다. 면발도 쫄깃하니 맛이 있다. 야채들 향이 좀 강한 것을 빼면 한국의 쌀국수보다 더 맛이 있는 듯하다.

날씨가 뜨거워지기 전에 주변을 돌아 볼 생각이다. 정말 가이드북의 설명처럼 온 동네가 다 불교 사찰이다. 이름만 조금씩 다를 뿐 거의 비슷한 모양을 하고 있다. 아침이라 조용하고 고요하다. 몇 분의 스님들만 보일 뿐이다. 장사하는 소리도, 여행객들의 소리도 들리지 않고, 오직 새소리만이 귓가에 맴돈다. 짙은 녹색으로 우거진 나무와 꽃과 풀들 사이로 솟아오른 건물들이 정말 멋스럽게 잘 어울린다. 지나치며 만나는 스님들과 가볍게 손을 모아 인사를 나눈다.

"싸바이디."

처음으로 맛본 쌀국수 가게

라오스 거리

지나가다 작은 휴대폰 상점이 보여 들어가 유심칩을 산다. 유심칩+200MB에 5천킵. 추가로 5만킵을 더 주면 5GB의 데이터, 5천킵은 1GB의 데이터를 살 수 있단다. 그러나 나는 일주일만 머물다 갈 것이므로 200MB면 충분할 것이다. 새로운 유심칩을 끼우니 스마트폰 지도도 잘 작동한다.

모처럼 조용히 혼자서 루앙프라방의 작은 골목들을 거닐며 작은 카페에 들어가 목도 축이고, 사진도 찍고, 멀리 보이는 메콩강을 바라보니 많은 생각들이 스쳐 지나간다.

이렇게 라오스와 나와의 만남의 시간이 이어져 간다.

#89 우연치 않게 또 라오스축제와 겹쳤다.

'피 마이(Pi Mai Lao)'라는 라오스의 새해 축제라고 한다. 엄청난 인파가 모여 행사를 치른다. 얼핏 보기에도 고위관직에 계신 분들도 참석하신 것 같고, 해외 외신들도, 여러 기자들도 눈에 띈다. 나는 몇 장의 사진만을 담고선 사진기를 넣어 버린다. 그리고 그들의 몸짓 하나하나에 더 집중해 본다. 이곳에서 맞는 새해가 나에게는 더 특별하게 다가와서였을까!

그들의 축제의 흥겨움에 나의 즐거움 역시 더욱 커진다.

축제에 모인 엄청난 인파

아마도 기도의 의미로 불을 붙인 향을 저렇게 세워 두는 것 같다

#90 간절한 기도.

그들 마음속에는 어떤 기도가 있을까.

그들은 어떤 바람들을 저 향 연기에 실어 보내고 있을까.

그들이 간절히 바라는 것은 무엇일까.

그리고

내가 간절히 바라고 있는 건 무엇일까.

또

무엇을 바라는 게 옳은 것일까.

그들 안에 있는

간절함은

무엇일까

91

루앙프라방에서.

나비 한 마리

젊은 스님들의 표정이 진지하면서도 즐거워 보인다

어느 사원 앞에 핀 작은 꽃

화려한 디자인의 뚝뚝이

루앙프라방에 밤이 찾아왔다. 아침에 붐볐던 인파들은 사라지고, 어수룩한 저녁노을과 함께 다시 조용한 부드러움이 찾아왔다. 물론 군데군데에는 여행객들이 있었지만, 나는 조용한 골목을 하염없이 걷고 또 걷는다.

루앙프라방의 모습을 담는 스님의 모습, 길거리에서 과일 주스를 파는 사람, 엄마와 천막 가게에서 함께 저녁을 먹는 아들. 더운 날 웃옷을 벗고 무엇인가 곰곰이 생각하시는 할아버지까지. 그렇게 구석구석까지 내 마음을 담아 본다.

내가 만난 루앙프라방의 저녁노을.

엄마와 아들의 저녁 식사

저녁노을은 언제나 아름답다

동료나 친구로 보이는
두 스님의 뒷모습이 정겨워 보인다
그들은 어떤 생각을 하고 있을까

오늘은 방비엥으로 이동한다. 어제 룸메이트가 된 친구가 새벽 5시에 일어나는 바람에 나의 하루도 일찍 시작된다. 이야기를 많이 나누지 않아 잘은 모르지만, 중국에서 한 달을 지낸 후 어제 쿤밍에서 25시간 동안 버스를 타고 왔단다. 그리고 앞으로 5개월 동안 여행을 한단다.

어제 먹고 남은 빵 몇 조각으로 아침을 해결하고 숙소에서 대기하니, 곧 뚝뚝 아저씨가 오신다. 오늘 아침 방비엥행 차량을 신청한 사람들을 픽업하고 다니시는 모양이다. 국적이 모두 다른 사람들로 가득 찼다. 그중에 한국 여행객들도 있다. 예약 표에는 아홉 시 출발이라고 적혀 있지만 이미 아홉 시가 지난 지 오래다.

내가 타고 가는 차는 우리나라 11인승 승합차인 스타렉스! 사람마다 차량과 좌석이 지정되어 있는 것이 아니라 여러 여행사를 통해 모인 사람들이 정원이 차면 출발하고, 그렇지 않으면 사람으로 가득 채워질 때까지 기다려 출발하는 방식이다.

10시! 운전기사까지 12명을 꽉꽉 채우고 천장에는 한가득 짐을 실은 승합차가 덜컹 거리며 출발한다. 나는 맨 뒷좌석 가운데 자리. 머리를 기댈 헤드레스트가 없다. 이렇게 머리를 꼿꼿이 세운 채 몇 시간을 달려야 할까. 벌써부터 뒷목이 뻐근하다.

옆에 앉은 사람하고 몇 번이나 머리를 부딪쳤는지 모르겠다. 졸음과 오프로드가 만나면 초면인 사람과도 박치기를 할 수 있는 용

국산 승합차를 타고 6시간을 이동한다

기가 저절로 생긴다. 정말 라오스는 오프로드다. 도로표지판에도
그냥 'curve'가 아닌 'shape curve'라고 적혀 있다. 승합차가 망가지
든 내 목뼈가 망가지든 둘 중에 하나가 망가질 것만 같다. 기사 아
저씨의 부지런한 운전 실력으로 오후 4시가 조금 넘어서야 드디
어 도착! 머리하나 기댈 곳 없는 승합차를 무려 6시간이나 타고 왔
다. 덕분에 나의 뒷목 근육이 한층 발달된 기분이다.

짐을 들고 숙소를 하나씩 기웃거린다. 시간이 그다지 늦지 않앉으므로 차분한 마음으로 꼼꼼히 비교하고 분석한다. 조금 허름하지만 아담한 싱글룸으로 정한다. 어제 도미토리보다 더 저렴하다. 에어컨도 없고 무선 인터넷도 안 되고 화장실에선 수압이 낮아 바가지를 이용해야 하고 벌레들이 좀 많을 뿐 그 외에는 괜찮은 편이다. 식당과 붙어 있는 방이 총 6개뿐인 작은 게스트하우스다. 그런데 아마 손님이 나 혼자밖에 없는 것 같다.

오자마자 샤워를 하고 모든 옷을 벗어 빨래를 한다. 빨랫비누가 점점 얇아지고 있다. 다 없어지기 전에 빨리 한국으로 돌아가야 한다. 여행에서 가장 요긴한 물건 중에 하나인 빨랫비누. 찬물에서도 거품이 잘나는 한국산 이놈이 참 기특하다. 가서 기회가 되면 주변 지인들에게 꼭 소개해 주고 싶은 마음까지 든다. 한번 써 보시라고. 찬물에도 강하다고.

조금 쉬었다가 방비엥을 슬슬 둘러볼까나.

반갑다.
방비엥!

94

차분한 분위기의 방비엥의 모습이 여행의 끝자락에
와 있는 나의 마음을 잘 이해해주는 듯 하다.

왠지 낯설기도 하고 익숙하기도 한 방비엥의 한적한 거리

#95 오전 6시. 눈이 떠진다. 아직 날이 밝지 않았다. 잠을 더 청해 보지만 더워서인지 잠이 잘 오지 않는다. 벽에 붙은 도마뱀이 나를 반긴다. 그래도 방에 움직이는 것들이 있어 덜 외롭다(개미, 모기, 도마뱀 등등).

오늘은 뭘 할까. 대충 얼굴에 물만 묻히고 밖으로 나선다. 근처 쌀국수 집에 들어가 주문을 한다. 라오스 말로 고수는 '팍치(씨)'. 이제 고수 없는 쌀국수를 먹을 수 있다. 고수가 몸에 좋긴 하지만 중국, 인도, 라오스에 이르기까지 도저히 적응이 안 된다.

어제 보니 여기에 놀러온 관광객 대부분은 물놀이를 하나 보다. 그래, 날씨도 더운데 물놀이 한 번 해야지. 인터넷을 검색해 보니

뚝뚝이를 타고 지나가는 나를 향해 손을 흔든다. 나도 손을 흔든다

저녁으로 먹은 신닷   고기접시가 산을 이룬다

유명지 한 곳과 생긴 지 얼마 안 된, 그래서 비교적 한산한 한 곳
이 나온다. 어디를 가지?

3초간 고민하다 결정한다. 나는 한적한 곳으로! 인터넷에 나온
마을 이름 두 글자와 수영하는 몸짓으로 목적지 전달 완료! 뚝뚝
아저씨와 가격 흥정 후 탑승! 이십여 분을 먼지를 뚫고 달리니 저
수지가 보인다. 도착하니 역시나 손님은 나 혼자. 아직 직원들도
출근을 안 했나?

"한국분이세요?"

깜짝이야. 갑자기 한국말이 들린다. 돌아보니 땅에 물을 뿌리고
계시는 아저씨 한 분이 말을 걸어온다. 알고 보니 여기 사장님이

시다. 아, 한국분이 하는 곳이구나. 개업하신 지는 3개월 정도 되었다고 하신다. 사장님과 인사를 나눈 뒤 나는 오두막 한 곳을 정해 드러눕는다.

혼자 오두막에 누워 바람도 쐬고 더우면 물에 뛰어 들어가고, 배고프면 라면에 밥, 그리고 입가심으로 라오맥주 한 잔! 참으로 여기가 지상 낙원이로구나 하는 마음에 젖어 있으니 어느덧 점심때가 되었다. 소리가 나서 돌아보니 다른 뚝뚝이 한 무리의 사람

정말 조용한 오두막에 누워서 이런 저런 생각에 잠기다

을 싣고 온다. 적절한 타이밍에 나타나 주신 고마운 분들. 이제 좀 쉬었으니 끼어서 같이 놀아 볼까?

맥주 한 병 들고 자연스럽게 인사! 순식간에 산략한 자기소개. 그리고 이내 친구가 된다. 여기 일행들도 모두 여행중에 만난 로드 프렌드. 5살 위 형님들부터 10살 아래 동생들까지 다양한 연령대가 친구가 되어 음식과 시간을 함께 나눈다. 본래 내가 타고 온 뚝뚝 아저씨와는 2시에 나가기로 했지만, 먼저 보내드리고 나는 이 팀의 뚝뚝이를 타고 함께 돌아가기로 한다.

그리고 맛있는 저녁 식사. 이름은 신닷. 삼겹살과 샤브샤브를 동시에 즐길 수 있는 메뉴다. 한국에서 하면 장사가 잘될 것 같다는 생각과 함께 숨도 안 쉬고 먹는다. 마치 회전초밥집의 그릇이 쌓이듯 늘어나는 우리들의 고기 접시. 한국에서 이렇게 먹으면 아마도 수십만 원이 나왔을지도 모른다.

저녁이 되니 그나마 조금 시원해진다. 그래도 우리들의 밤은 아직도 숯불 열기만큼이나 뜨겁다. 시원한 맥주 한 잔과 함께 새벽이 깊어 가도록 이야기꽃을 피우는 지금 이순간. 숙소 사장님도 함께 오셔서 분위기는 더욱 무르익는다.

이제 정말 여행의 시간이 얼마 남지 않음이 피부로 느껴진다.

아쉽고도 뜨거운 마음들이 방비에의 밤하늘에 울려 퍼진다.

오늘은 드디어 이번 여행의 마지막 목적지인 비엔 **# 96** 티안으로 넘어간다. 뭐 아직 손에는 티켓 한 장 없지만 그럴 예정이다. 몇 시간 자지도 않았는데 오전에 눈이 떠진다. 내 의지와는 상관없이 내 몸도 흘러가는 시간이 아까운가 보다. 어젯밤에 친구들과 가위 바위 보를 해서, 오늘 아침을 준비할 세 명의 술래에 뽑히진 않았지만, 그래도 일찍 일어난 김에 씻고 나가 함께하기로 한다.

나는 지금 내 인생의 여정에서 약 3분의 1정도의 지점에 서 있다. 소중하고 감사하고 사랑하는 모든 사람들과의 시간들. 나의

룸미러로 비친 아저씨의 모습을 오랫동안 바라보았다

동네에서 만난 한 꼬마 아이

노력들과 그들의 희망이 만났던 순간들. 아쉬움도 미련도 없는, 고마움과 감사함만이 남는 시간들. 모두 내 안에 고스란히 숨 쉬고 있다. 그리고 앞으로 대략 3분의 2의 시간이 남았다. 그 시간들을 새로운 마음으로 살아갈 것이다. 마치 새롭게 태어나 모든 것을 새로 시작하는 것처럼. 그 시간 뒤에 올 것들은 아직 생각하지 않을 것이다. 마치 1년 뒤 생일날 죽기로 마음먹고 라스베이거스를 향해 뛰는 것처럼. 나의 라스베이거스는 어디일까. 그건 아마도 내 안에 있을 것이고, 또 내가 찾아야 할 곳이기도 하다. 그

해는 저물지만 열기구는 떠오르고 있다

곳이 다른 모든 사람들의 라스베이거스일 필요는 없다. 진짜 내가
원하는 그곳.

　여행의 끝자락, 나는 내가 원하는 그곳을 찾았는지 나에게 묻
는다.

　'너는 그곳을 찾았니? 너의 라스베이거스, 나의 어드벤처 라이프.'

가자, 마지막 도시. 비엔티안으로!
뜨거운 태양만큼이나 더 뜨거운 마음을 가지고!

4시간을 달려 도착한 비엔티안. 도착 후 숙소를 잡았다. 얼마 남지 않은 시간들을 보낼 마지막 숙소. 그동안의 숙소보다 조금은 비싼 편이지만 그만큼 편하고 안락하다. 시내에서도 적당히 떨어져 있어 조용하다.

100일간의 여행의 마지막 도시. 비엔티안에서의 시간이 그렇게 조용히 시작되고 있었다.

#♀7 자전거를 빌려 가까운 '탐짱'이라는 동굴로 간다. 특이하게도 어떤 리조트를 통과해서 가야 한단다. 그래서 리조트 입장권과 자전거 주차료(?)를 지불해야 한다. 얼마를 들어가니 조용한 오솔길이 나오고, 멀지 않은 곳에 큰 바위산도 그 위엄을 드러낸다. 중국 대륙에 비하면 작은 바위산이지만, 그 나름대로의 멋스러움을 느낄 수 있다.

물이 바닥까지 보일 만큼 아주 깨끗하다. 이미 현지인들 몇 명이 물에 들어가 더위를 쫓고 있다. 공기가 마치 에어컨을 켜 놓은 듯 아주 시원하다. 아무리 인공적인 시원함이 훌륭하더라도 이런 자연의 시원함과 상쾌함은 따라올 수가 없다.

세상은 점점 더 뜨거워진다. 지구도 날씨도. 그런 더움을 물리치기 위해 인간들은 더 많은 것들을 소비하며 어떤 것들을 만들어 낸다. 하지만 아이러니하게도, 그런 것들에 의해 지구는 자꾸만 더 뜨거워진다. 마치 무엇인가를 피하기 위해 달리지만, 결국 오히려 그것에 더 가까이 가게 되는 것과 같다.

계단을 올라가니 동굴 입구가 나온다. 동굴 안에 다른 사람은 보이지 않는다. 그리 크진 않지만, 동굴이 아담하고 곳곳에서 시원한 바람도 불어온다. 여행의 끝자락인 만큼 사진을 더 얻고자 하는 마음이 들까 봐 아예 사진기를 숙소에 맡겨 두고 왔다(그래서 사진이 없다). 그래도 종종 사진기를 가져오지 않은 아쉬움이 들 정도로 멋지고 아름다운 자연을 만난다.

#98 숙소 사장님이 너무 좋으시다. 어제 사장님과 사장님 친구분과 함께 새벽 늦도록 이야기꽃을 피웠다. 서로의 인생 이야기, 생각들, 그리고 꿈들을 나누면서 이야기꽃은 더욱 풍성하고 또 깊어진다. 물론 모든 것을 다 알 수 없고, 아주 작은 부분들만이 언어로 전달될 뿐이지만, 분명 여행이라는 힘은 나이도 이름도 다른 우리 각자의 삶을 충분히 공유하고도 남을 만큼 세다.

아침에 사장님께서 맛있는 식사를 준비해 주신다. 정말 집밥 같

알록달록 움직이는 점들

은 느낌이다. 된장국에 김치. 조촐하지만 정말 맛있는 식사다.

사진기 하나 달랑 들고 숙소를 나선다. 햇살이 뜨겁다. 얼마 돌아다니지도 않았는데 사진기가 너무 뜨거워 작동 오류가 난다. 그래도 나름 유명한 여행도시인만큼 비엔티안의 주요 관광지를 둘러본다. 탓 루앙, 빠뚜싸이, 왓 씨므앙 등. 역시 수도라 루앙프라방 보다는 규모가 큰 사원이 대부분이다.

어딘지 모르게 걷다 우연히 들어간 한 학교(정확히 학교인지도 모른다). 아이들의 웃음소리를 따라가 보니 어지럽게 널브러진 아이들의 신발이 나를 반긴다. 고개를 빠끔히 내밀어 조심스레 교실

귀엽지만 사뭇 진지한 그들의 뒷모습,
앞으로 저들이 어깨에 짊어져야 할 가방의 무게는 얼마나 될까

안을 바라본다. 아이들이 일제히 특이하게 생긴 나를 쳐다보고 웃는다. 나도 손을 들어 웃음으로 보답한다. 그들의 순수한 모습이 내 가슴에 기분 좋게 박힌다. 교실에서의 귀여운 아이들, 그들의 장난기가 그대로 묻어 있는 듯한 신발들이다.

한 사원에서 아침 청소 중 물을 뿌리며 장난치는 스님들, 가서 인사하니 반갑게 손을 흔들어 준다. 내가 다시 한 번만 물을 뿌려 달라고 청하니 기꺼이 포즈를 취해 주신다.

덕분에 너무나 기분 좋은 사진 한 장을 담을 수 있었다! 저들의 웃음이 오래도록 남아 있었으면, 나에게도 그들에게도.

매콩강에 지어진 거대한 모래 조각들. 이제 곧 우기가 다가오면 이 넓은 강바닥이 다 물에 잠기고, 그 조각들도 다시 원래의 자리로 돌아갈 것이다. 모래로 조각하는 저들도 이미 알고 있다. 자신들이 힘겹게 만든 멋진 조각들이 언젠가는 다시 물속으로 녹아 없어질 것이라는 것을. 그러나 그들은 여전히 땀을 흘리며 열심히 조각 중이다. 그것 자체가 의미가 있기 때문일 것이다. 나 역시 비슷하지 않을까? 어차피 언젠가는 돌아가야 할 것을 알고 시작한 여행이지만, 지금 이 순간 여행 자체의 의미와 가치를 온몸으로 느끼고 있다. 그리고 그것은 평생토록 내 인생의 강물 저변에 깔려 지워지지 않을 것이다. 두렵고 걱정된 마음을 과감히 버리고 떠났던 나의 모습. 이제는 다시 돌아가야 하지만 나는 어떤 면에서 이미 완전히 새로운 내가 되어 있음을 느낀다.

아이들의 시끌벅적함이
사진에도 담기는 듯하다

신발에서도 아이들의 장난기가 느껴진다

라오스는 마치 조용히 흘러가는 작은 배와 같다. 멀리서 보면 잘 흘러가는지 조차도 모르지만 그 안에서의 역동성과 힘, 사람들의 웃음과 기쁨이 가득하다. 나의 여행이 끝나가는 이 무렵, 라오스의 작은 술집에 앉아 사람들을 바라보고, 그들의 이야기를 들으며 점점 더 여행과 깊은 사랑에 빠지는 듯하다.

마치 맥주잔에 담긴 거품이 부풀어 오르듯이.

사장님께 쌀국수를 먹고 싶다고 조심스레 제안 드린다.

사장님은 흔쾌히 승합차를 몰고 어디론가 열심히 가신다. 아침 출근 시간이라 도로가 온통 차로 가득하다. 길에 경찰이 서 있지만, 그다지 교통정리를 하는 것 같지는 않다. 골목골목을 들어가니 나무로 지은 큰 식당이 보인다. 1950년대부터 쌀국수를 팔아 왔다는 유명한 식당이다. 다른 가게들보다 가격은 조금 비싼 편이다. 그런데 맛이 정말 기가 막힌다. 뜨겁지만 시원한 국물 맛. 이제 다른 곳에서는 쌀국수를 먹을 수 없을 것 같은 불안감이 밀려드는 맛. 단숨에 면들을 흡입한다.

쌀국수가 이렇게 맛있는 음식일 줄이야!

오늘의 여행의 키워드는 '휴식'이다.

숙소로 돌아가 시원하게 씻고, 방안에 장문을 활짝 연 다음 밀린 사진 작업과 일기들을 마주한다.

#100
비엔티안에서 나는 만났다. 그들의 웃음소리, 미소,
열정, 간절함, 편안함, 즐거움. 그리고 아름다움.
길거리를 걷고 있는 꼬마 스님들의 미소에 나 역시 그들을 향해
미소 짓는다.

자전거를 탄 소년과 눈이 마주친다

저녁 하늘에 매달린 눈썹달

소녀는 어딜 바라보며 저리도 예쁜 미소를 짓는 걸까

세상에서 가장 편한 자리, 가족

그의 연주가 이 저녁을 더욱 아름답게 만들기에 충분했다

파란 가족의 기도가 꼭 이루어지길

#101 사장님과 베스트 프렌드가 되었다. 사장님 말씀으로는 여기 숙소에 묵은 사람들 중에 내가 가장 나이가 어릴 수도 있다고 하신다. 보통 여기는 조용히 쉬고 싶으신 40-50대 여행객들이 많이 찾으신다고. 그럴 것도 같다. 며칠 동안 식사도 같이하고, 차도 같이 마시고, 무엇보다도 많은 이야기들을 나누었다. 그리고 나에 대해서 애정 어린 마음으로 깊이 있는 조언들도 아끼지 않으신 사장님.

그동안 사장님께서 만나신 분들의 이야기, 삶의 모습, 그리고 여러 책들에 대한 소개. 너무나 감사했다.

사장님의 가정 이야기부터, 사업 이야기, 지금의 어려운 사정들까지 알지 못했던 사실들도 많이 알게 되었다. 역시 쉬운 것은 없다. 남들이 볼 땐 편하고 좋아 보이지만, 분명한 것은 밖에서 바라보는 것과 안에서 직접 느끼는 것은 많이 다르다는 것이다. 사장님 안에 있는 명과 암을 조금이나마 느낄 수 있었다. 많은 사람들은 자신의 밝은 부분만을 보여주려 한다. 나 역시 마찬가지다. 하지만 안타깝게도 어느 곳이든 '明'만 존재하지는 않는다. 明이 있으면 暗도 있다. 하지만 우리는 그 暗을 잘 보지 못한다. 아니, 보지 않으려 한다. 하지만 정말 중요한 것은 이 어두운 부분을 어떻게 이해하고 사랑하느냐 하는 것이다.

이번 여행에서 나에게 明은 무엇이고, 暗은 무엇이었을까?

나는 사람을 얻었고, 그들의 삶의 작은 조각들을 공유했고, 그 안에 서 있는 나를 보았다. 그리고 그 사람이 지니고 있던 두려움, 망설임, 걱정들의 조각들을 만났다. 이것이 전부다. 그 이상도, 그 이하도 아니다. 그리고 '그 사람'은 바로 나 자신이다.

오늘이 마지막이다. 그리고 내일 밤, 나는 한국으로 돌아가는 비행기에 오를 것이다. 느낌이 이상하다. 100일간의 시간이 어떻게 지나갔는지 모르겠다. 여행 중에 한 번도 자르지 않은 머리가 덥수룩하다.

여행을 시작하든, 끝마치든, 내가 어디에 있든 나의 시계는 계속해서 돌아갈 것이다. 그 바늘이 멈추기 전까지 나는 또 다른 배

덥수룩하게 자라 버린 나의 머리카락. 그만큼의 시간을 실감한다

안녕, 라오스!

이제는 돌아갈 시간

낭을 메고 걸어야 한다. 그 바늘이 멈출 때, 나는 비로소 그 배낭을
내려놓을 수 있을 것이다. 그날이 올 때까지 천천히, 천천히, 한
걸음씩, 한 걸음씩 걸어갈 것이다.

또 다른 여행이 곧 시작된다.
하지만 괜찮다. 두렵지 않다.
아니 두렵지만 두려워하지 않을 것이다.
지금껏 잘했던 것처럼, 앞으로도 너는 잘할 수 있으니까.

#102

어머니의 강, 메콩강.

왜 메콩강이 '어머니의 강'으로 불리는 지는 모르지만, 또 어째서 내가 지금 여기 메콩강 앞에 서 있게 되었는지도 모르지만 한가지 확실한 건 정말 메콩강은 '어머니의 강'이라는 것이다. 모든 것, 어떤 것도 묻지 않고 그저 따스히 안아 주시는 그런 나의 어머니처럼.

지금 이 순간, 나는 아무런 생각도 걱정도 멈춘 채 메콩강의 품에 안긴다.

메콩강의 저녁노을

아버지와 아들

마지막 날 라오스 역시 나에게
최고의 사진 한 장을 선물해 주었다

#103 강남, 한국에서 가장 부유한 곳.

옆길엔 페라리가 자태를 뽐내고, 옆자리에 미인을
태운 아우디 R8은 쌈박한 배기음을 남기고 순식간에 사라진다.

귀국하자마자 추접하고 거지꼴의 모양새로 매직 배낭을 메고 버
스에 오른다. 책 출판을 알아보기 위해서 가는 길이다.

한 통의 문자가 날아온다. 일만 팔천 원 남아 있던 통장에서 돈
이 빠져나갔다는 친절한 문자다. 잔액은 0원. 진짜 '0원'이다. 아
무리 쳐다봐도 여지없이 0원이다. 허허. 속으로 헛웃음만 나온
다. 우리나라에서 가장 부유한 곳에 서 있는 빵 원짜리 통장의 주
인공인 나.

오래전부터 알고 지내오던 형에게서 한 통의 전화가 걸려 온다.

"잘 살고 있냐?"

이 한마디에 모든 것이 담겨 있다.

"잘 사는 게 뭔지 잘 모르겠어요."

"네가 잘 살고 있다고 생각하면 그게 잘 사는 거지."

세 마디의 말속에 너무나 많은 내용이 담겨 있다. 위로, 용기, 칭찬, 걱정, 배려, 염려, 놀라움, 아쉬움 등.

배가 고프다. 저녁도 먹지 못했다. 삼각 김밥이 저리 비쌌던가. 호주머니에 있는 몇 개의 동전이 모자라 삼각 김밥의 비닐을 가르는 호황을 누리는 자격을 얻지 못한다.

책을 쓰고 싶다. 주리고 배고픈 만큼 도전해 보자. 누군가의 틀에 박힌 이야기가 아니라 진짜 나의 사진과 나의 이야기로 만든 책. 인간은 원초적이다. 주린 배가 나를 재촉한다. 주린 배가 내가 살아 있음을 증명한다.

며칠의 시간이 지났다. 그럼에도 불구하고 여전히 어머니와 할머니를 뵌 다는 건 울퉁불퉁한 자갈길을 맨발로 걷는 것 같다. 마음이 그만큼 미안하고 죄송하다. 지금 나의 모습이 그렇다. 내 마음이야 내가 선택한 거지만, 우리 엄마, 할머니 그리고 가족들은 나 때문에 뜻하지 않게 크고 무거운 돌을 지게 된 것이 아닌가.

부모님을 포함한 많은 사람들에게 진 빚을 다 갚는다는 건 거의 불가능에 가까울 것이다. 아무것도 아닌 나인데 그동안 뭐가 그리

잘났다고 큰소리치며 뛰어다녔는지 지금 생각해 보면 부끄럽기 짝이 없다. 또 그런 잘난 나 때문에 상처받았을 사람들은 또 얼마나 많았을까. 정말 죄송하고 창피한 마음이 가득하다. 앞으로 나는 죽을 때까지 내가 진 이 빚들을 생각하며 살아야만 할 것이다.

이런 복잡한 생각들을 가지고 사람 많은 유명한 커피숍 대신 조용하고 작은 커피숍에 들어간다. 일층에서 누군가를 신나게 홍보하고 있는 아주머니 몇 분만이 나의 귀를 두드리지만, 그마저도 곧 자리를 떠나시고 잔잔한 음악과 몇 권의 책만이 나와 함께한다.

다른 사람들의 여행 에세이를 많이 읽는다. 지금 내가 할 수 있는 유일한 낙이기도 하다. 그리고 앞으로 쓰게 될 내 여행 책에 대해서 생각해 본다. 같은 삶이 있을 수 없듯이 같은 사진도 있을 수 없다. 아무리 같은 시간, 같은 장소에서 찍었다 할지라도. 각자의 삶의 이야기 있듯이 각기 사진의 스토리가 있기에 모두가 아름답다. 나도 언젠가 나의 사진으로 이야기를 만들고 싶다. 나만의 이야기, 나만의 사진으로.

많은 사람들, 그리고 나 역시 사진을 잘 찍으려고 노력한다. 잘 찍은 사진은 무엇일까. 완벽한 구도와 노출, 그리고 쨍한 초점과 싱싱한 색감들. 하지만 사진은 기억이다. 사랑이며, 아픔이며, 여행이다. 여행을 하면서 사진을 찍었고, 그보다 더 큰 것들을 배우고 담았다. 카메라는 사진을 찍기 위한 도구에 불과하다. 이제 그것들을 다시 작은 책 위에 풀어내고 싶다. 하지만 23,470원이라는 잔고가 나의 현실을 말해 주고 있을 뿐이다. 이 돈으로 앞으로 한 달에서 5일 부족한 날수만큼을 살아야 한다. 통장의 바닥이 드러날 날이 얼마 남지 않았다. 하지만 나는 거금 3,800원의 커피 한 잔으로 지금의 행복을 산다. 이상한 건 그런 내가 그다지 불쌍하게 느껴지지 않는다는 것이다. 나는 당당히 말한다.

"부드러운 카푸치노 한 잔이요."

친한 형과 친한 친구를 오랜만에 만난다. 형은 이혼의 문턱에서 고민하고 있다. 난 형에게 말한다. "훗날 형의 아이들이 형을 찾아와 멱살을 잡고 눈물을 흘리며 왜 그랬냐고 물을 때 당당히 할 말이 있다면" 그렇게 하라고.

어쩌면 이것은 나 스스로에게 한 말일지도 모른다. 나중에 온갖 후회와 좌절이 나이아가라 폭포에서 떨어지는 물방울의 수만큼 다가올 때, 나는 나 스스로에게 당당히 말 할 수 있어야 한다고. 그때 내가 할 수 있는 것이 오직 눈물과 후회뿐이라면 나는 패배자가 될 뿐이다. 내 인생의 책의 결말이 그렇다면 심히 속상하지 않겠는가.

#104 부끄럽게도 난생처음 아르바이트라는 걸 했을 때, 어리바리한 나를 향해 날아오는 찰지면서도 날카로운 쌍욕을 마주하면서 30년 동안 쌓은 나의 지성과 이성과는 아무런 상관없이 사람이 지극히 겸손해질 수 있음을 배웠고, 통장에 만 원만이 나를 반길 때 통닭 한 마리 앞에서 깊은 번뇌를 하며 서

있는 나를 만났으며, 지금 내가 먹고 있는 몇 잔의 맥주가 몇 시간
의 노동력과 같음을 계산할 줄 아는 방법을 배울 수 있었다.

밤늦게까지 술만 먹을 줄 알았지, 누군가는 그런 사람들이 빨리
갔으면 하는 미운 마음을 가지고 있음을, 그러나 그들이 남긴 맛
있는 몇 점의 안주로 그 미움이 쉽게 사라지는 인간의 간사함 역
시 배울 수 있었다.

알바 중에 잠시나마 바깥 공기를 마시고자 하는 열망에서 피어
오르는 알바생들 간의 쓰레기 가져다 버리기 경쟁들, 12시간 중
앉아 있는 시간이 30분이 채 안 된다는 짜릿함까지.

웃기지만 웃을 수 없는 나의 시간들 속에서 이제야 진짜 사람
이, 어른이 되는 듯한(물론 이런 걸 한다고 어른이 되는 건 아니지만)
이상함 속에 빠지기도 한다. 나도 안다. 쉽지 않다. 그리고 앞으
로도 쉽지 않을 것이다.

귀국한 후 그동안 내가 어떻게 살아왔는지, 또 어떻게 살고 있
는지 다 풀어낼 수 없지만, 쌀이 떨어져 헛웃음이 나올 때 쌀을 사
보내 준 친구와 부족한 나를 지금까지 기억해 주고, 기도해 주신
모든 분들이 있었기에 그 어려움들을 잘 이겨 낼 수 있었음은 분
명한 사실이다.

사랑한다면 기다려 달라는 어느 대중가요의 가사처럼 나 역시
어느 정도의, 혹은 생각보다 좀 더 긴 '기다림'이 필요할 지도 모른
다. 나는 나를 사랑하기에 또 나를 사랑하는 수없이 많은 사람들
이 있기에 그런 기다림의 시간을 잘 보내야 한다.

겨울에 피는 꽃이 있는가 하면 밤에 피는 꽃도 있다. 꽃이라고 모두 같은 순간에 피어날 필요는 없다. '나'라는 꽃, 다시 언제 피울지 아직 알 수는 없지만 분명한 건 그날이 반드시 온다는 것이다.

처음이자 마지막이었던 나의 소임지를 아무도 모르게 떠났을 때, 누군가 이런 말을 했다고 한다.

"그 사람, 참 그 사람답게 갔다."

훗날 이 말을 듣게 되었을 때, 이상하게도 기분이 좋았다.

맞다. 나는 나다. 전에도 그랬고 지금도 그렇고 앞으로도 그럴 것이다. 그러니 너무 걱정하지는 말라. 나는 나답게 살 것이기 때문이다. 그러니 당신도 아무 걱정하지 말고 당신답게 살라!

이 책을 부모님과 할머니와 나를 사랑해 주신 모든 분들께 바칩니다. 그리고 이 책이 나오기까지 도와주시고 후원해 주신 모든 분들, 특히 정선모 선생님, 양옥매 선생님께 가슴 깊이 감사드립니다.

"지금 바람을 이겨 내면 당신도 꽃피겠지요."

사랑합니다.